◆

Joaquim Manuel de Macedo

A LUNETA MÁGICA

TEXTO INTEGRAL

editora ática

A luneta mágica

Editor	Fernando Paixão
Assessora editorial	Carmen Lucia Campos
Colaboração pedagógica	Ernani Leopoldino de Andrade Antonio Carlos Olivieri
Coordenadora de revisão	Ivany Picasso Batista
Revisora	Ana Luiza Couto

Arte

Projeto gráfico	Ary A. Normanha
Ilustração da capa	Natália Forkat
Pesquisa iconográfica	Iconographia
Editoração eletrônica	Carla Almeida Freire

CIP-BRASIL. CATALOGAÇÃO NA FONTE
SINDICATO NACIONAL DOS EDITORES DE LIVROS, RJ

M1191

Macedo, Joaquim Manuel de, 1820-1882
A luneta mágica / Joaquim Manuel de Macedo - 10.ed.
- São Paulo : Ática, 1999.
184. : (Bom Livro)

Apêndice
Acompanhado de suplemento de leitura
ISBN 978-85-08-05265-3

1. Romance brasileiro I. Título. II. Série.

11-8153. CDD 869.93
CDU 821.134.3(81)-3

ISBN 978 85 08 05265-3
CAE: 233750

2022
10ª edição
22ª impressão
Impressão e acabamento: Gráfica Paym

Av. Otaviano Alves de Lima, 4400 – CEP 02909-900 – São Paulo, SP
Atendimento ao cliente: 4003 3061 – atendimento@atica com.br
www.atica.com.br – www.atica.com.br/educacional

A ótica irônica de *A luneta mágica*

Antonio Carlos Olivieri

Quem não gostaria de ler o pensamento das outras pessoas e descobrir, por trás das palavras que elas dizem, as coisas em que realmente estão pensando? Tal poder telepático seria muito útil para descobrir o que é verdade e o que é mentira, sinceridade e falsidade. Mas esse tipo de telepatia traria também muitas decepções.

É com base nesse desejo ou fantasia, atraente para qualquer um, que Joaquim Manuel de Macedo escreve A luneta mágica, *romance que foi publicado em 1869 e que muito difere de seus livros mais conhecidos (*A Moreninha *e* O Moço Loiro*). Nessas duas obras famosas, o autor conta histórias de amor, e sua intenção é levar o leitor, emocionado, aos suspiros ou às lágrimas. Na* Luneta, *Macedo procura o riso do público.*

Seu personagem principal, Simplício, consegue realizar a fantasia já mencionada: obtém um monóculo (luneta, na linguagem da época) fantástico, ou mágico, com o qual consegue ver além das aparências. No caso de Simplício, porém, enxergar mais que os outros não é um desejo motivado por simples curiosidade. Ver mais é uma necessidade, pois esse estranho personagem é "duplamente míope". Sua miopia não se limita aos "olhos do corpo", atinge também os "olhos da mente"; em suas próprias palavras (é o próprio Simplício quem narra a história), ele é "míope física e moralmente".

O dom telepático, entretanto, acarreta decepções; no caso de Simplício, mais que o fim de seus problemas, enxergar a verdade e a mentira transforma-se no início de uma sucessão de trapalhadas, cuja solução só aparecerá no final do romance a nossos olhos.

Para curar as duas miopias de que sofre, Simplício procura um misterioso feiticeiro armênio, que lhe dá uma luneta com a qual ele consegue perceber o Mal que se esconde no íntimo das pessoas, particularmente do irmão, da tia e da prima, com os quais vive. O Mal é bem maior do que o infeliz, em sua miopia mental, poderia imaginar. Descobri-lo em sua verdadeira dimensão deixa o personagem ainda mais desolado do que estava quando não podia enxergá-lo.

Por isso, ele procura novamente o armênio. O mágico lhe fornece novo monóculo, que, dessa vez, proporciona a "visão do Bem". Simplício, porém, está longe de ter seus problemas resolvidos. Antes, eles se tornam mais complexos, pois com a nova luneta o personagem vê agora o Bem onde antes tinha enxergado o Mal. Mas, se Simplício pode ver o Mal no Bem e o Bem no Mal, fica tudo como era antes, quando não via nem Bem nem Mal. Complicado? Certamente, e é por isso que a solução será, mais do que ver, distinguir *entre o Bem e o Mal. Afinal de contas, esses dois conceitos são extremamente relativos.*

Como se vê por esse breve resumo, A luneta mágica *é uma espécie de fábula ética, em que Macedo reflete sobre as ideias de Bem e de Mal, com o intuito de extrair de sua história uma moral, justamente a relatividade dos dois conceitos.*

Para o leitor de hoje, talvez não haja nem novidade nem profundidade na conclusão do autor. De qualquer modo, o encanto do livro não se encontra em seu aspecto filosófico, mas no fato de que a fábula não se ambienta numa época mágica, nem nela atuam criaturas fantásticas como fadas ou príncipes.

Ao contrário, o romance se passa no Rio de Janeiro, a capital do Império brasileiro no século XIX, e seus protagonistas são personagens típicos desse universo, como é o caso do mano Américo, político dos mais oportunistas. Trata-se de uma realidade sociocultural que o autor sabe documentar muito bem, já que foi um observador atento dos usos e costumes do tempo em que viveu.

Assim, o texto de Joaquim Manuel de Macedo tem acentuado caráter de crítica social e de costumes, o que aumenta a importância do livro, principalmente em termos históricos. Macedo é um pioneiro do romance na literatura brasileira, e A luneta mágica *é um de nossos primeiros livros a apresentar uma visão crítica da realidade do país, ao lado de* Memórias de um sargento de milícias, *de Manuel Antônio de Almeida. É essa visão crítica, alicerçada no humor e na ironia, que, cerca de uma década depois, será desenvolvida por um admirador de Macedo chamado Machado de Assis e atingirá a genialidade.*

Afora tudo isso, há ainda outro fator positivo, que não apenas pesa a favor da obra e do escritor mas também garante que a leitura de A luneta mágica *permaneça agradável, passados mais de cem anos de sua primeira publicação: o humor do texto não envelheceu. Seus efeitos cômicos continuam a provocar nossas risadas, enquanto nos ensinam como viviam e pensavam nossos antepassados, além de nos lembrar a relatividade das noções de Bem e de Mal.* ■

SUMÁRIO

A LUNETA MÁGICA

PRIMEIRA PARTE

INTRODUÇÃO

I

Chamo-me Simplício e tenho condições naturais ainda mais tristes do que o meu nome.

Nasci sob a influência de uma estrela maligna, nasci marcado com o selo do infortúnio.

Sou míope; pior do que isso, duplamente míope, míope física e moralmente.

Miopia física: — a duas polegadas de distância dos olhos não distingo um girassol de uma violeta.

E por isso ando na cidade e não vejo as casas.

Miopia moral: — sou sempre escravo das ideias dos outros; por que nunca pude ajustar duas ideias minhas.

E por isso quando vou às galerias da câmara temporária ou do senado, sou consecutiva e decididamente do parecer de todos os oradores que falam pró e contra a matéria em discussão.

Se ao menos eu não tivesse consciência dessa minha miopia moral!... mas a convicção profunda de infortúnio tão grande é a única luz que brilha sem nuvens no meu espírito.

Disse-me um negociante meu amigo que por essa luz da consciência represento eu a antítese de não poucos varões assinalados que não têm dez por cento de capital da inteligência que ostentam, e com que negociam na praça das coisas públicas.

— Mas esses varões não quebram, negociando assim?... perguntei-lhe.

— Qual! são as coisas públicas que andam ou se mostram quebradas.

— E eles?...

— Continuam sempre a negociar com o crédito dos tolos, e sempre se apresentam como boas firmas.

Na cândida inocência da minha miopia moral não pude entender se havia simplicidade ou malícia nas palavras do meu amigo.

II

Aos doze anos de idade achei-me no mundo órfão de pai e de mãe.

Eu estava acostumado a ver pelos olhos de minha mãe, a pensar pela inteligência de meu pai; fiquei, pois, nas trevas dos olhos e da razão.

Meus pais eram ricos, e deviam deixar-me, deixaram-me por certo, avultada fortuna; quanto, não sei: meu irmão mais velho que tomou conta dos meus bens, minha tia Domingas que tomou conta da minha pessoa, e minha prima Anica que se criou comigo e que é um talento raro, pois até aprendeu latim, hão de saber disso melhor do que eu.

Dizem eles que a minha fortuna vai a vapor, ignoro se para trás se para diante, porque os barcos e carros a vapor avançam e recuam à custa do gás impulsor; mas o meu amigo negociante declarou-me que por certas razões que não compreendo, nas quais, também não sei por que, entra a pessoa da prima Anica, devo confiar muito no zelo da tia Domingas.

E eu confio nela o mais possível; porque é uma senhora que anda sempre de rosário e em orações e que tendo alguma coisa de seu, apesar de tão religiosa, não deu nem dá um vintém de esmola ao pobre que lhe bate à porta, pretextando sempre que tem muita vontade de fazer esmolas evangélicas; porém que ainda não achou meio de esconder da mão esquerda o óbolo da caridade pago pela mão direita.

Estou tão profundamente convencido da pureza dos sentimentos religiosos da tia Domingas, que desde que ela tomou conta de mim, vivo em sustos de que algum dia a piedosa senhora mande amputar a mão esquerda para conseguir dar esmolas com a mão direita, conforme o preceito evangélico de que em sua santa severidade não quer prescindir.

III

Aos dezoito anos de idade comecei a compreender todas as proporções da minha desgraça dupla: chorei, lastimei-me, pedi médicos para os meus olhos, e mestres para minha inteligência.

À força de muito rogar e bradar consegui que me dessem uns e outros.

Os mestres ganharam o seu dinheiro e eu quase que perdi todo o meu tempo com eles; porque bem pouco lucrei no empenho de combater a minha miopia moral.

O mais hábil dos meus professores declarou-me no fim de quatro anos que um mancebo tão rico de cabedais como eu era, podia bem reputar-se literato de avantajado merecimento, sabendo ler, escrever e as quatro espécies da aritmética.

Convencido sempre que só me diziam a verdade, e tendo conseguido saber, aos vinte e dois anos de idade, ler mal, escrever pior, e fazer com a maior dificuldade as quatro espécies da aritmética, mandei embora o hábil professor, e fiquei literato.

Os médicos falaram-me em córnea transparente, em cristalino, em raios luminosos muito convergentes, em retina, e não sei em que mais, e acabaram por dizer-me que aos sessenta, ou setenta anos de idade, eu havia de ver muito melhor.

Dos médicos *alopatas*[1] recebi esta consolação de melhor visão aos setenta anos, se estivesse vivo; dos *homeopatas*[2] não sei se me deram o cristalino em glóbulos, ou os raios convergentes em tintura; mas o fato é que em resultado de dez conferências e de vinte tratamentos diversos não vi uma linha adiante do que via, e apenas posso gabar-me de não ter ficado cego com a luz de tanta ciência.

O meu desgosto foi aumentando com os anos.

Meu irmão, que é um santo homem, me dizia:

— Consola-te, mano; tudo tem compensação: a tua miopia é uma desgraça; mas porque és míope não vês como são bonitos os bordados da farda de um ministro de Estado, e portanto não te exasperas por não poder ostentá-los.

Convém saber que meu irmão saiu eleito deputado na última designação constitucional, e mandou fazer a sua libré parlamentar ainda antes de ser reconhecido representante legítimo do povo soberano que anda de paletó e de jaqueta.

Deste fato e da sua observação concluí eu em minha simplicidade que o mano Américo vive doido por ser ministro para fazer o bem da pátria.

E não é só ele; a prima Anica já sonhou três vezes com mudança de gabinete, e com correios e ordenanças à porta de nossa casa.

Inocente menina! é um anjo: os seus sonhos são piedosos como as vigílias da tia Domingas, sua mãe, e patrióticos, como os cálculos do mano deputado; ela diz com virginal franqueza que tem meia dúzia de parentes pobres a arranjar, quando o mano Américo for ministro.

Meia dúzia só!... Que abnegação e que desinteresse da prima Anica!

---

1 *Alopatas*: Médicos que combatem as doenças por meios contrários a elas; procuram conhecer a origem das moléstias e combater suas causas. (N.E.)

2 *Homeopatas*: Médicos que acreditam poder curar as doenças aplicando pequenas doses de drogas que são capazes de originar, nas pessoas sãs, sintomas idênticos aos da doença a tratar. (N.E.)

Ela está se tornando tão profundamente religiosa como a tia Domingas. Já fez um ponto de fé deste suavíssimo princípio: "*a caridade deve começar por casa*".

■

IV

O mano Américo tem sempre aberta para mim uma fonte perene de consolações; persegue-me, porém, a infelicidade de não saber apreciar bastante a sabedoria, que fala pelos lábios de meu irmão.

Já disse como ele me consolava da minha miopia física; pois bem: a sua bondade ia além; quando me ouvia tristes queixas da minha miopia moral, me apertava as mãos, e falava assim:

— Agradece a Deus esse infortúnio; estás livre de desgostos sem conta, de responsabilidades sem número, e de tormentos sem tréguas; tu não sabes pensar; mas eu penso por ti e por mim; tu mal dirigirias os teus negócios; mas eu dirijo os teus e os meus negócios; tu sofres muito menos do que eu sofro; porque eu sofro por ti e por mim.

Que alma santa a de meu irmão!

E todavia quando isso ouço, lembra-me que o mano Américo foi o testamenteiro e inventariante nomeado por meus pais, e que até hoje está de posse das minhas heranças, que ele emprega e zela, certamente só em meu proveito, mas sem me dizer como, nem jamais dando-me contas; e portanto pensando, negociando e sofrendo por mim o meu pobre irmão!

Dói-me tamanho sacrifício! ah! se eu conseguisse tomar para mim metade dos trabalhos e sofrimentos do mano Américo... a minha metade só... para ele não sofrer por mim!

Porém se por acaso manifesto de leve esse desejo, alvoroça-se o amor fraternal, meu irmão se enternece, me abraça e diz:

— Inocente Simplício! não serei tão egoísta que te abandone às ciladas dos homens sem consciência, que devorariam a tua fortuna. A minha dedicação é na verdade pesada; mas é um dever e Deus a abençoa.

Vejo-me, pois, obrigado a ficar devendo ao mano Américo o favor de tomar conta da minha fortuna, e de empregá-la por mim.

E como é ingrata a humanidade! já cheguei a suspeitar que a dedicação do mano é mais suave do que ele diz.

A primeira vez que me confessar hei de perguntar ao padre, se Deus abençoa tais dedicações fraternais; é este um ponto que deve ser esclarecido para que seja mais doce a submissão dos irmãos míopes.

V

Minha tia também me faz ouvir consolações, e sempre conforme as suas ideias religiosas.

Para ela a minha miopia física é um imenso benefício da providência, que assim menos exposto me deixou às tentações do diabo, que ataca o pecador pelos olhos; e a minha miopia moral ainda mais precioso dom, porque *dos pobres de espírito é o reino do céu*[3].

A lógica piedosa da tia Domingas seria capaz de levá-la a rezar para que eu me tornasse surdo, mudo e paralítico, a fim de ser completa a minha bem-aventurança na terra.

Em consequência deste receio nunca disse amém às consolações místicas de minha tia.

Ainda tenho uma terceira fonte de consolações; essa, porém, ao menos é mais poética.

A prima Anica é perdida pelos *apólogos*[4]; quando pode explicar-se por meio deles, não se explica de outro modo: o apólogo é o seu capricho de moça.

Além disso ninguém como ela se empenha tanto e mais habilmente em agradar-me; sabendo que quase não vivo pelos olhos, procura recomendar-se, açucarando a voz, e usando de perfumes suavíssimos.

Às vezes e quando tem ocasião faz-me também ouvir apólogos.

Um dia em que como de costume lastimava a minha desdita, que então nem me deixava distinguir as flores do jardim, onde ambos passeávamos, colheu ela duas flores, uma rosa de Alexandria, e uma angélica, e deu-mas para que eu as reconhecesse.

Aproximei muito dos olhos as duas flores para apreciar suas cores e um espinho da rosa feriu-me a ponta do nariz, e aí ficou preso.

— Repara no que te ensina a rosa, disse Anica; repara e compreende quanto te pode aproveitar a miopia: as flores que mais almejas distinguir e admirar não são as do nosso jardim, são as que enfeitam e enchem de magia os salões das sociedades, que não frequentas, são as jovens

---

[3] *Dos pobres de espírito é o reino do céu*: O autor deturpa o sentido e usa ironicamente essas palavras de Cristo, que podem ser encontradas no famoso sermão da montanha (Mt, V, 3). No Evangelho de S. Lucas, a frase aparece assim: "Bem-aventurados vós os pobres, porque vosso é o reino de Deus". (Lc, VI, 20.) Os cristãos sempre interpretaram essa passagem como sendo: Bem-aventurados os que têm espírito de pobres... O autor usa essa expressão, propositadamente, com o sentido de ignorantes, idiotas, ingênuos, simplórios. (N.E.)

[4] *Apólogos*: Alegorias em que figuram, como personagens animados, animais ou coisas inanimadas. Têm sempre um fundo moral. (N.E.)

formosas com que sonhas em sonhos doidos de amor ainda mais doido; essas, porém, assemelham-se à rosa de Alexandria, têm espinhos que te despedaçariam o coração.

Anica interrompeu-se por breves instantes para suspirar; eu ouvi o suspiro, e ia perguntar-lhe, na minha simplicidade, se estava incomodada, quando ela continuou, dizendo:

— Contenta-te, pois, com a angélica que é suave ao tato e que te pode embalsamar a vida do retiro com o perfume do amor e da virtude.

Fiquei mudo: tinha compreendido o apólogo apesar da minha miopia moral.

Anica fez talvez um esforço para vencer o pudor e perguntou-me:

— Sabes quem é a angélica?...

Instintivamente me fingi mais pobre de espírito do que sou, e respondi perguntando:

— A angélica? pois não é aquela flor que me deste?...

Deixamos o jardim: eu saía dele com um espinho de roseira na ponta do nariz, e Anica provavelmente com o espinho da minha indiferença no seio.

Senti que chegara a ser cruel; mas eu nem sabia se Anica era bonita ou feia; porque nunca pudera ver-lhe distintamente o rosto: se fosse bonita não seria o seu amor a mais doce consolação para mim?

Tive uma ideia inspirada metade pela gratidão, metade pela curiosidade maliciosa, a ideia de ver se Anica era bonita ou feia, se me seria possível amá-la. Chegando à sala, sentei-me e pedi à prima que me tirasse o espinho da ponta do nariz.

A inocente moça prestou-se a fazer a fácil operação: armou-se da tesoura mais delicada que achou, com os macios dedos da mão esquerda segurou-me o nariz, com a mão direita dirigiu a ponta da tesoura, e cuidadosamente ocupada em extrair-me o espinho chegou seu rosto tão perto dos meus olhos que mais não era possível.

Durante três ou quatro minutos vi, distingui, apreciei suficientemente o rosto de Anica... não era o rosto com que eu sonhava, não era o das descrições das heroínas dos romances que me tinham lido... não era.

O rosto da prima Anica é muito respeitável; mas em consciência está muito longe de ser angélico.

A prova de que é muito respeitável está em que não tive necessidade de expelir de minha alma o menor desejo desrespeitoso, achando-se esse rosto por alguns minutos ainda mais perto dos meus lábios, do que dos meus olhos.

A prova concludentíssima de que Anica não é angélica, está em que a operação me pareceu tão dolorosa como demorada.

Anica tivera a bondade de fazer-me ouvir a significação moral do seu apólogo da rosa de Alexandria e da angélica. O apólogo não lhe aproveitou; mas a culpa disso não está em mim.

Ofereço agora, não à Anica, porque me pesaria molestá-la, porém às senhoras a quem o caso possa interessar, a moralidade da história da extração do espinho da ponta do meu nariz.

É uma pequenina história que também pode correr, como apólogo.

A moralidade é esta:

Moça que não for bonita não se preste a extrair espinho da ponta do nariz de homem míope.

■

VI

No princípio do ano corrente de 186... o excelente sistema de governo que nos rege, deu-me o sinal da minha regeneração civil e política.

Sem que o mano Américo, a tia Domingas e a prima Anica disso previamente soubessem, fui incluído na lista dos jurados da minha freguesia; quando chegou-nos a notícia do fato consumado houve em nossa casa uma espécie de consternação.

Até que ponto chega o amor dos parentes, a influência do sangue da família! Meu irmão, minha tia, e minha prima sobressaltaram-se ante o perigo que eu corria por me haverem reconhecido dotado de senso comum!

Era certamente porque o mano Américo via que não lhe era possível ser também jurado por si e por mim. Eu ia começar a ficar exposto às ciladas do mundo e dos homens sem consciência.

O juiz de direito que presidira à revisão da lista dos jurados, resolvera um problema até então intrincadíssimo, declarando que eu podia ser jurado, e que por consequência eu tinha senso comum, condição exigida pela lei.

Eu fui alheio a tudo isso: estava mesmo convencido pelo mano Américo e pela tia Domingas que até o senso comum me faltava; confesso, porém, que mudei de opinião com íntima e mal disfarçada alegria.

Um juiz de direito não pode julgar de modo torto: ao menos tem a seu favor a presunção de direito, que em falta de todos os outros fundamentos é fundamento que supre todos os outros; para mim que não sei aprofundar as coisas, um juiz de direito é sempre tão infalível na ciência do direito, como um padre na ciência do latim.

Por consequência fiquei convencido de que tinha senso comum.

Ninguém faz ideia do profundo contentamento que me deu esta convicção.

E não era para menos.

O nosso código é necessariamente muito sábio e muito previdente: exige que para ser jurado o cidadão brasileiro tenha apenas senso comum; se exigisse bom-senso haveria desordem geral, porque, segundo tenho ouvido dizer, muitos dos que têm feito e dos que fazem leis, muitos dos que as deviam mandar e mandam executar, e muitos dos que têm por dever aplicar as leis, não poderiam ser jurados por falta de bom-senso!

Dizem-me isso, e asseguram-me que o bom-senso é senso raro.

Eu não entendo estas coisas; mas atendendo ao que me dizem, chego a crer que foi por essa razão que a lei não impôs a condição do bom-senso nem para que o cidadão fosse jurado, nem para que fosse magistrado, deputado, senador, ministro e conselheiro de Estado.

Asseveram-me ainda que se assim não fosse, que, se se exigisse a condição do bom-senso para o exercício daquelas altas delegações e cargos do Estado, haveria quatro quintas partes do mundo oficial inteiramente fora da lei.

Já confessei que não entendo destes graves assuntos; como, porém, acredito piamente em tudo quanto me dizem, sinto-me cheio de orgulho pela convicção legalmente autorizada de que tenho senso comum, e apoderado de irresistível vaidade com a presunção de que sou igual a muitos magistrados, deputados, senadores, ministros e conselheiros de Estado, pela falta de bom-senso ou senso raro.

VII

Na primeira convocação do júri o meu nome foi o primeiro que saiu da urna. Este sucesso deu que pensar e que falar em casa.

A tia Domingas levou um dia inteiro a repetir: "o primeiro na primeira..."; passou assim o dia sem rezar, nem sei se rezou de noite; mas na manhã seguinte propôs-me comprar de sociedade comigo um bilhete de loteria.

Eu não cabia em mim de contente; o mano Américo hesitava, porém enfim conveio em que eu entrasse no exercício do meu direito de cidadão jurado.

Creio que meu irmão procedeu assim pelo respeito que consagra às leis, como me assegurou, embora a prima Anica me dissesse em particular que o segredo da sua condescendência esteve no receio de pagar multas... por mim.

As senhoras são de ordinário muito maliciosas; acham graça em sê-lo; Anica tem esse defeito; mas, diga ela o que quiser, eu penso que o mano Américo é simples e puro, como Adão antes de comer do fruto proibido.

Compareci oportunamente ao tribunal de que a sorte me fizera membro; a sorte estava declarada por mim: logo no primeiro processo o meu nome foi ainda o primeiro que saiu da urna, e não pareci suspeito nem ao advogado do réu, nem ao da justiça pública.

Prestei a maior atenção à leitura do processo, às testemunhas e aos debates, e quando entrei para a sala secreta achava-me plenamente convencido pelo promotor de que o réu merecia a forca; pelo advogado do réu de que este era credor de uma coroa cívica, e pelo juiz de direito que resumira a acusação e a defesa, de que o réu tinha jus à forca e à coroa.

Na consulta secreta sentei-me junto de um bom velho que, vendo-me completamente às escuras em uma questão de atenuantes e agravantes, quis iluminar o meu espírito, fazendo-me ler uns artigos do seu *Manual dos jurados*.

Não tive remédio, senão confessar-lhe as enormes proporções da minha miopia física. Ler era para mim um martírio: pedi-lhe que me lesse os artigos do seu *Manual*.

— Pobre moço, disse-me ele; já procurou o Reis?...

— O Reis? quem é o Reis?

— Quem é o Reis?... pois um míope ignora quem seja o Reis?... o Reis é o homem-luz, o homem-fonte de visão para os míopes: se ele não o fizer ver, é porque o senhor é cego.

— Mas eu sou quase cego.

— O Reis anula-lhe o *quase*, e dá-lhe o dom da vista perfeita; o Reis é o graduador de vidros miraculosos. O senhor tem sido deixado em abandono por sua família.

— Pelo que me diz, começo a ter desconfianças disso.

— Escute: eu vou contar-lhe maravilhas em relação ao Reis.

— Mas o processo?

— Que nos importa semelhante maçada?... deixá-los falar, e discutir; nós já sabemos como havemos de votar.

— O senhor como vota?

— Votarei de modo que o réu seja necessariamente absolvido.

— Então tem certeza de que ele é inocente?

— Deve sê-lo sem a menor dúvida.

— Por quê?...

— Porque não menos de dois compadres e de três amigos meus se empenharam para que eu o absolvesse.

— E tem razão: não posso acreditar que dois compadres e três amigos de um juiz fizessem a este a injúria de pedir-lhe uma sentença injusta, julgando-o capaz de um prejuízo e de um sacrifício de consciência.

— Deveras?...

— O que me parecia, era que semelhantes pedidos e empenhos deviam ser exclusivamente reservados para servirem de luz aos jurados pobres de espírito, como eu; porque os inteligentes, como o senhor, não precisam de quem lhes dirija as consciências.

O velho pôs-se a rir, não sei de quê; provavelmente eu tinha dito alguma *necedade*[5], e começava a sentir-me tomado de vexame e de confusão, quando o presidente chamou-nos a votar em resposta aos quesitos do juiz de direito.

O bom velho, meu novo amigo, exerceu naquele conselho de jurados os direitos do mano Américo; porque votou por si e por mim.

O réu foi absolvido pela maioria de dois votos, e por consequência o empenho de dois compadres e de três amigos e a minha miopia moral decidiram da sentença.

Saí do júri com a convicção de que ou não tenho senso comum, ou é preciso mais alguma coisa além do senso comum para que o cidadão seja bom jurado.

VIII

Quando cheguei à porta da rua, senti que alguém me tomava o braço: era o bom velho.

— Quero levá-lo já à casa do Reis, disse-me ele.

Apertei-lhe a mão com o mais vivo reconhecimento e deixei-me conduzir, hesitando entre a esperança e a dúvida.

Enquanto caminhávamos, o meu condutor falava e eu o ouvia curioso:

— O estabelecimento do Reis é um representante do espírito do século: começou plebeu e já está nobre pela constância no trabalho e pelo encanto do progresso; não sei se o Reis tem sido agraciado; pouco importa o homem; mas a casa, a indústria já tem quatro condecorações nobiliárias.

— E o que faz o Reis?

— Dá, reproduz os meios conhecidos, aperfeiçoa-os e inventa novos para se fazer a paz e a guerra, a guerra, dando precisão, segurança às pon-

5 *Necedade*: Tolice, estupidez, ignorância. (N.E.)

tarias das peças de artilharia, a paz, oferecendo balanças e níveis de todas as qualidades, alguns dos quais devem poder marcar o peso e o nível dos interesses de quaisquer beligerantes, e além desses os mais perfeitos instrumentos para demarcação dos limites dos Estados; governa nos mares com as melhores bússolas; é senhor do sol e da lua, e de todos os planetas pelos mais fortes telescópios; conhece e domina os animais invisíveis pela força engrandecedora dos microscópios, vê o fundo tenebroso das minas, tem o cetro da física, o império da química, a soberania da eletricidade pela magia dos seus instrumentos, marca o tempo, prediz o calor e a chuva, e chama-se Reis porque não é um rei; mas tem o poder de muitos reis.

Eu escutava boquiaberto a concisa explicação de tão extraordinária potestade humana, e quando o bom velho se interrompeu para respirar, perguntei-lhe:

— E um homem, como este, certamente já tem sido muito aproveitado pelo nosso governo?!...

— Não; o nosso governo encomendou-lhe um dia o mais perfeito *pince-nez*[6] político: o Reis fez obra de mestre, um *pince-nez*, que por um dos vidros deixava ler as lições do passado e pelo outro, os perigos do futuro; mas o *pince-nez* não achou nariz de ministro, em que se ajeitasse, e foi desprezado.

— Mas então o Reis que é? é mágico?...

— Não sei; suponha que seja o diabo; o certo é que ele tem, e isso é o que mais lhe importa, o segredo de dar vista de águia aos míopes mais infelizes, aos míopes quase cegos.

— Por que meio, meu amigo?

— Por meio de vidros, e de cristais, cuja concavidade encerra sobrenatural magia; por meio de lunetas de força excepcional.

— E o governo esquece homem semelhante?... há ministro que não se apresse a comprar uma luneta dessas?...

O velho desatou a rir: perguntei-lhe qual era o motivo da sua hilaridade, e ele me respondeu assim:

— O senhor é sem o pensar, sem o querer, cruelmente epigramático: falei-lhe em luneta para os míopes, e o senhor procurou logo saber, se os nossos ministros de Estado não usavam dessas lunetas!!!

A simplicidade de um pobre de espírito está sempre exposta às falsas interpretações dos maliciosos.

Eu não era capaz de pôr em dúvida a vidência, a ciência e a sapiência de um homem que chega a ser ministro de Estado.

---

6 *Pince-nez*: Tipo de luneta que se apoia no nariz, sem hastes que a prendam nas orelhas. O termo *pince-nez* é francês; em português existe *pencenê, pencinê* ou *pincenê*. (N.E.)

O fato é a presunção do direito, e para mim a infalível resolução do problema.

Não pode haver cidadão que seja chamado a tomar, e que tome sobre seus ombros a imensa responsabilidade do governo do Estado sem que seja reconhecido e se reconheça na altura de tão grandiosa missão.

Em minha inocência não posso pensar de outro modo.

Para mim quem é ministro de Estado é sábio, ou pelo menos estadista.

É por isso que até hoje, quando me diziam, que no carro que passava, ia um ministro de Estado, eu tirava o meu chapéu e me conservava descoberto em sinal de respeito até que me asseguravam que o próprio ordenança do ministro já estava longe.

Porque no próprio ordenança eu ainda admiro e venero os reflexos da sabedoria do ministro.

IX

— Chegamos, disse-me o velho.

Um tremor nervoso agitou-me o corpo todo; mas ajudado pelo meu amigo subi dois degraus de pedra e achei-me no armazém do Reis.

Não pude distinguir nem a casa, nem o dono dela; não precisei porém de olhos para sentir imediatamente a amabilidade do Reis.

O bom velho expôs as proporções da minha miopia física e pediu remédio para ela; ouvi logo abrir gavetas, e em breve começou o ensaio das mais fortes lunetas de vidro côncavo.

O Reis desprezou os vidros dos números mais altos das vinte e duas forças; principiou por fazer-me experimentar um do grau quatro e perdeu completamente o seu tempo; deixou de lado os vidros côncavos do grau três e deu-me uma luneta da força número dois, e ainda assim não pude ler o título de um livro que me apresentou, senão depois que cheguei o livro a duas polegadas de distância dos olhos.

— É muito míope! disse ele.

E desceu enfim ou antes subiu ao vidro do grau número um, o último, o *non plus ultra*[7] dos vidros côncavos, e recuou espantado, ouvindo-me dizer que não via mais nem menos.

— É incrível! exclamou.

— É portanto?... perguntei tão abatido que nem pude acabar a frase.

[7] *Non plus ultra*: É uma expressão latina que significa *não mais além*. Usa-se essa frase para se referir a alguma coisa considerada a melhor, a mais perfeita. O *"non plus ultra dos vidros côncavos"* = "o mais perfeito dos vidros côncavos". (N.E.)

— Não tenho recurso que lhe aproveite, respondeu-me com tristeza profunda.

Deixei cair a cabeça sobre o peito: a extrema esperança que eu concebera poucas horas antes, acabava de apagar-se completamente; tive vontade de chorar e murmurei em tom queixoso:

— E todavia eu vinha tão cheio de confiança! esperava tanto!

— Que quer?... o poder humano que é o poder da ciência, ainda não foi além dos instrumentos que inutilmente experimentou.

— Ah! é que o meu amigo chegou a fazer-me acreditar que o senhor era mais do que um simples homem, era uma espécie de ente sobrenatural, um mago, um realizador de impossíveis, principalmente em matéria de instrumentos óticos.

— O seu amigo que é também meu, exagerou muito as minhas pobres condições; eu não creio na magia; mas se lhe apraz consultar um pretendido mágico, é coisa fácil.

— Como?...

— Mandei contratar na Europa um artista de merecimento superior para os trabalhos das minhas oficinas, e chegou-me no último paquete um armênio de habilidade extraordinária; mas que me desagrada por ter pretensões a muito sabido em magia.

— Ainda uma esperança! exclamei; eu me abraço com a mais tênue, com as mais dúbia, e até mesmo com a mais louca. Onde está o armênio?...

— Em um pequeno gabinete no fundo da casa, e aí dorme de dia e trabalha de noite e sempre só: é um maníaco.

— Poderia eu falar-lhe?

— Vou mandá-lo chamar.

— Entender-me-á ele?...

— Fala perfeitamente todas as línguas em que lhe falam.

Entramos para a casa das oficinas; porque o armênio não gostava de mostrar-se no armazém.

Vou dizer com inteira verdade o que ouvi e o que o bom velho meu amigo viu e me referiu miudamente tanto nesta ocasião, como à hora da meia-noite no gabinete misterioso.

Passados apenas alguns minutos o armênio apareceu.

Era um homem alto, magro e com os ossos muito salientes; trazia os cabelos crescidos, o rosto contraído, a face macilenta enegrecida pela fumaça; suas mãos enormes estavam empoeiradas, e seus dedos coroados por grandes unhas pareciam garras; vestia calças e blusa de pano vermelho.

— Que pretendem de mim? perguntou ele em português.

Não me animei a falar; o bom velho, meu amigo, também não ousou fazê-lo; foi o Reis quem falou por mim, expondo a minha infelicidade, e a desesperada esperança que eu concebera.

O armênio se aproximou de mim, considerou-me durante alguns instantes, examinou-me os olhos, apalpou-me os ossos do crânio, e mostrando-se compadecido, disse:

— Não te quero mal, e o dia é mau; hoje é sábado, e os gênios sinistros predominam: escolhe outro dia, e eu te darei a vista.

O Reis fez um movimento denunciador da sua incredulidade.

O armênio encarou-o fixamente, e depois perguntou-lhe:

— Duvida sempre?

— Não duvido, tenho a certeza de que a sua magia não é impostura somente porque é lamentável mania.

O armênio desatou a rir; devia ser um rir medonho, porque foi longa e estridente gargalhada, e porque, segundo me disse o velho, ele não tinha um único dente.

— De que ri assim?... inquiriu o Reis.

— Do triunfo e do mal; duvidam do meu poder, e vou prová-lo: eis o triunfo; infiltrarei o ceticismo na alma de um inocente mancebo: eis o mal.

Tive um ímpeto de coragem, avancei um passo e perguntei-lhe:

— Dar-me-ás a vista?...

— Sim, e mais penetrante do que a desejas.

— Como?

— A experiência te responderá.

— E tu por que não?...

— Que te importa?... já o disse: terás vista mais penetrante do que desejas e pensas; queres?

— Por que modo a terei?

— Dando-te eu uma luneta mágica.

— Quando?

— Hoje mesmo e amanhã, na hora em que acabará o dia de hoje para começar o dia de amanhã, à meia-noite.

— E o teu prêmio?

— Será a tua próxima convicção de que é melhor ser cego, do que ver demais.

— Aceito.

— É o mal.

— Aceito.

— É o gelo no coração!

— Aceito.

— É o ceticismo na vida!

— Aceito.

— Por quê, criança?...
— Porque eu quero ver.
— Verás demais!
— Aceito.
— Volta à meia-noite.

XI

Quando, de volta da casa do Reis, me achei a sós na solidão do meu quarto, comecei a sentir espinhos na consciência, temores de incorrer em grande pecado por ir procurar na magia remédio contra a minha miopia física.

Mas na luta do desejo ardente de ver bem e distintamente, e dos meus escrúpulos religiosos que acabavam de despertar, eu me reconheci tão fraco e tão pecador como *Eva*[8], porque pela ambição da vista deixava-me sempre escravo das promessas do armênio, como Eva se deixou escrava dos conselhos infernais da serpente pela ambição da ciência do bem e do mal.

Hesitei; meditei, e desconfiado da minha miopia moral, resolvi-me a consultar a opinião das três consciências mais sãs que eu conhecia no mundo.

A consciência do mano Américo, o homem que vivia por si e por mim, o tipo do desinteresse e da abnegação.

A consciência da prima Anica, a jovem símbolo do amor mais dedicado, e sem sombras do egoísmo.

A consciência da tia Domingas, a velha religiosa e santa, que vivia a rezar, e que era toda misticismo.

Dirigi-me ao mano Américo e perguntei-lhe:

— Se encontrasses um mágico que te oferecesse um talismã com a virtude de te assegurar a vitória em todas as eleições de deputados, e de te fazer subir ao ministério, que farias?

Meu irmão respondeu-me logo:

— Para servir a minha pátria, e dedicar-me todo a ela, eu aceitaria o talismã, e o traria sempre comigo.

Achei-me a sós com Anica, e apressei-me a consultá-la:

---

8 *Eva*: Segundo a Bíblia, Eva foi a primeira mulher, foi aquela que cedeu à tentação do demônio, desobedecendo às ordens de Deus. Com essa atitude provocou a ira de Deus, que condenou a humanidade a lutar pela própria sobrevivência. Essa é a explicação bíblica para as dificuldades e os problemas que enfrentamos: tudo começou com o pecado original. A história de Eva aparece no livro do Gênesis, capítulos I, II e III. (N.E.)

— Se houvesse um feiticeiro, que por artes diabólicas possuísse e te quisesse dar o segredo da formosura e da vida em constante primavera até cem anos de idade, que farias?

— Abraçava o feiticeiro, tomava-lhe o segredo e pedia-lhe que te desse, mesmo por artes diabólicas, melhores olhos para que visses a minha formosura encantada.

Fui ter com a tia Domingas e fiz-lhe a seguinte pergunta:

— Se lhe aparecesse um homem suspeito de se ter vendido ao demônio, e lhe apresentasse o bilhete de loteria em que uma hora antes houvesse saído a sorte grande, que faria?

— Somente pelo gosto de enganar o demônio, comprava o bilhete, e recebendo o prêmio, gastava metade em obras de misericórdia.

Estas respostas sossegaram o meu espírito: meu irmão que é a virtude cívica, a prima Anica que é a pureza original, a tia Domingas que é a piedade zelosa, não acham que seja pecado aproveitar-se alguém, com intenções inocentes, dos favores da magia, da feitiçaria, e até do inimigo do homem.

A educação, os exemplos, as lições da família formam o caráter do menino e preparam o seu futuro.

Eu já estou na lista dos jurados, e já fiz parte de um conselho julgador; mas ainda sou menino pela minha miopia moral: consultei toda a família sobre o meu caso de consciência e todos os meus parentes votaram pela transação com a magia em proveito do interesse pessoal.

Serenaram pois os meus escrúpulos, e fiquei resolvido definitivamente a ir ao gabinete do armênio à meia-noite em ponto.

O bom velho, meu amigo, ficara de esperar-me perto da nossa casa para levar-me à do Reis.

Não me despi, nem me deitei, e quando ouvi o sinal de onze e meia horas dado pelo sino de São Francisco de Paula, saí do meu quarto, fui de manso até a porta da rua que um escravo fiel me abriu, e logo depois tomei o braço do bom velho que me esperava, e seguimos para o nosso destino.

XII

Encontramos o Reis à porta do seu armazém. Entramos.

Faltavam dez minutos para a meia-noite.

— Vamos ter com o armênio, disse o Reis.

E passou adiante para dirigir-nos.

Nunca maldisse tanto da minha miopia física; porque achava-me possuído da mais viva curiosidade, desejava e não me era dado ver o que se ia passar, e apenas posso hoje relatar o que o bom velho meu amigo, e o Reis também desde esse dia muito meu amigo, me contaram muitas vezes com todos os pormenores.

Avançamos por um longo corredor; o velho levava-me pela mão e a mão do velho estava enregelada e trêmula.

O Reis repetiu duas vezes:

— Isto não passa de uma comédia, que nos fará rir amanhã: a verdadeira magia está nas maravilhosas realidades das ciências físicas.

Mas a voz do Reis estava um pouco alterada e como se o seu coração palpitasse forte, e apressadamente por nervosa agitação.

Chegamos ao fim do corredor, e o Reis levantava a mão para bater a uma porta que nos ficava ao lado esquerdo, quando esta imediatamente se abriu.

Os meus dois companheiros recuaram um passo; eu não recuei porque não vi coisa alguma.

— Como é bom não ver! disse uma voz cavernosa.

■

XIII

O gabinete do armênio estava todo pintado de negro, tendo em branco os caracteres especiais de todos os dias da lua marcados pelas vinte duas chaves do *Tarot*[9] e pelos sinais do sete planetas; no meio do teto também negro via-se a figura do *pentagrama*[10] em vermelho vivíssimo.

No fundo do gabinete uma mesa servia de altar da magia; junto a ela uma pele de leão tapizava o chão, imenso pano vermelho cobria completamente a mesa, e nesse pano eram mais de cem as figuras cabalísticas pintadas em negro.

Sobre o altar maldito descansavam os instrumentos da magia e entre outros a vara mágica, a espada, a taça e a lâmpada; a um lado, no chão, estava a trípode. Globos, triângulos, a figura do diabo, a estrela de seis raios, o abracadabra, as combinações do triângulo, e uma infinidade de símbolos enchiam a mesa e o gabinete.

O armênio mágico vestia a roupa própria do sábado, simples túnica cinzenta com caracteres bordados em seda cor de laranja, tendo ao pescoço uma medalha de chumbo com o sinal cabalístico de Saturno e as palavras ou

---

9 *Tarot*: É o conjunto de cartas usadas em cartomancia. Tem, ao todo, 78 cartas. Dessas, 22 constituem os *arcanos maiores*, que indicam os grandes acontecimentos, tanto individuais como sociais. As atuais cartas de baralho derivam das outras 56 cartas do Tarot. A origem dessas cartas de ler sorte perde-se na Antiguidade, mas elas já eram conhecidas pelos egípcios antes da construção das pirâmides. (N.E.)

10 *Pentagrama*: Figura mágica ou simbólica de cinco letras. (N.E.)

nomes — *Amalec, Aphiel, Zarabiel*, e trazia na cabeça um barrete triangular de cor branca com o pentagrama em cor negra.

— Entrai, disse o armênio, tudo está pronto.

Entramos no gabinete, que estava cheio de luz; o armênio sentou-se na tripeça e nós ficamos de pé; ele se concentrava; nós tremíamos.

De súbito o armênio levantou-se, como cedendo a impulso irresistível, e quando ele se levantou os sinos deram o sinal de meia-noite.

— É a hora, disse ele, e tomando a espada, brandiu-a no ar, e as luzes se apagaram.

Ficamos em completa escuridão; mas sentimos e compreendemos que o armênio se movia e laborava, como se estivesse vendo tudo à luz do sol ao meio-dia.

No fim de alguns minutos a lâmpada mágica lançou e manteve uma tênue flama que começou pálida e fraca, pouco e pouco foi se tornando intensa e rubra, e da qual o armênio retirou a ponta da espada, que pareceu tê-la acendido.

Logo depois ele tomou a lâmpada entre suas mãos e deu alguns passos para os quatro lados do gabinete, parando breves instantes em cada um dos lados, e estendendo os braços de cada vez na direção de um dos quatro pontos cardeais, feito o que tornou a pôr a lâmpada no seu lugar, e sobre ela colocou uma peça de ferro composta de três hastes que se firmaram na mesa e que na sua parte superior se aproximavam e eram ligadas por um anel de três correntes de ouro retorcidas, em cima do qual ele depositou um simples vidro côncavo do grau mais fraco.

Em seguida ouvimo-lo exorcizar em latim os espíritos elementares, e falar e evocar as *ondinas*, as *salamandras*, os *silfos* e os *gnomos*[11]; empregou assim meia hora pelo menos a entender-se com invisíveis e duvidosos ou quiméricos seres.

Apenas acabou de falar, lançou sobre o fogo pequenas porções de *diagrídio*, *escamônea*, *pedra-ume*, *enxofre* e *assa-fétida*[12].

Resistimos às ondas do ativo perfume que inundou o gabinete.

A flama da lâmpada tornara-se viva, brilhantíssima, derramando tanta luz como se mil bicos de gás iluminassem a pequena sala.

A operação mágica adiantava-se, o armênio começou a exaltar-se e bradou com força: "Cashiel! Schaltiel! Aphiel! Zarabiel!..."

---

[11] *Ondinas, salamandras, silfos, gnomos*: No dizer dos cabalistas, os gnomos são os espíritos que presidem a tudo que a Terra abrange; as ondinas são os gênios do amor, que vivem nas águas; as salamandras são répteis que podem suportar um fogo brando por alguns momentos, mas que o povo crê que podem viver no fogo; já os silfos são os gênios elementares do ar. Todas essas entidades mitológicas fazem parte dos rituais cabalísticos. (N.E.)

[12] *Diagrídio, escamônea, pedra-ume, enxofre, assa-fétida*: São plantas e minerais a que se atribui poder mágico. São muito usados em rituais de magia, principalmente queimados, por causa do cheiro que soltam em contato com o fogo. (N.E.)

E a flama da lâmpada redobrou de intensidade, como se obedecesse à voz do mágico.

O gabinete parecia já arder em ondas de luz tão deslumbrante e vivíssima que se diria o fulgor dos relâmpagos demorado, continuado, sem intermitência.

De repente uma faísca se desprendeu da flama da lâmpada e foi, como pequena seta de fogo vivo, cravar-se e estremecer no fundo da concavidade do vidro que estava sobre o anel de ouro; uma tênue bolha de vidro fervente agitou-se em torno da faísca que sem apagar-se tomou a forma microscópica de uma salamandra, o gênio elementar do fogo que banhava-se no fogo, brincava no fogo, aspirava e respirava fogo.

Mas o armênio tocou com a ponta da espada na faísca que fazia ferver a bolha de vidro no fundo da concavidade, e disse com acento dominador:

— Fica aí!

A salamandra microscópica dobrou-se, como fugindo à ponta da espada, e o fogo da lâmpada de rubro que era se tornou pálido.

— Fica aí! tornou ele com voz mais forte ainda.

E a salamandra foi se mergulhando na bolha de vidro fervente, e a flama da lâmpada principiou a vacilar.

— Fica aí! bradou o armênio pela terceira vez.

E a salamandra desapareceu de todo na bolha do vidro que se abateu e sumiu-se sem deixar vestígios, nem depressão nem ruga na concavidade polida, e a espada que firme conservara a sua ponta, onde brilhara a faísca mágica, obedecendo à mão do armênio se retirou.

Imediatamente a flama da lâmpada se extinguiu, como ao sopro de um gênio invisível; reinou outra vez no gabinete profunda escuridão, e logo ao começarem as trevas, pareceu que um suspiro quase imperceptível movera o ar, mas tão de leve, tão sutilmente, como o voo de uma borboleta.

Era talvez a queixa extrema da salamandra presa; porque ainda se ouviu a voz do armênio, que disse com império de senhor:

— Fica aí, escrava!

Pouco depois iluminou-se de novo o gabinete do armênio, que lançando algumas gotas de um líquido perfumado sobre o vidro que expusera à operação cabalística, retirou este completamente frio do anel de ouro, onde o havia colocado.

Sem dizer-nos uma só palavra, sem parecer ocupar-se da nossa presença, o armênio armou o vidro em um aro de ouro, e no ponto em que o aro circular se liga ao anel destinado ao cordão pendurador, imprimiu sinistro selo, uma letra cabalística, com um sinete de forma triangular, e enlaçou no anel da luneta um cordão finíssimo, em que se entrançavam cabelos de todas as cores, e de diversos animais.

Estava terminada a mágica operação. O armênio me entregou a luneta, e disse-me então:

— Triunfo, e faço mal; mas posso prevenir o mal: criança! tu és inocente e bom, eu me compadeço de ti; escuta.

Recebi tremendo, a luneta, que ainda apenas sentia pelo tato e não tinha visto pelos olhos, e escutei o armênio, que continuou a falar-me:

— Dou-te uma luneta mágica; verás por ela, quanto desejares ver, verás muito; mas poderás ver demais. Criança! dou-te um presente que te pode ser funesto: ouve-me bem! não fixes esta luneta em objeto algum, e sobretudo em homem algum, em mulher alguma, por mais de três minutos; três é o número simbólico, e para ti será o número simples, o da visão da superfície e das aparências; não a fixes por mais de três minutos sobre o mesmo objeto, ou aborrecerás o mundo e a vida.

Eu estava todo trêmulo, e não sabia que dizer.

O armênio disse ainda:

— Esta luneta é a maravilha da magia: por ela verás demais no presente, e poderias ler no futuro; mas o teu coração é bom, e a tua alma é pura, criança; além do número de três minutos está a visão do mal, que o meu poder de mágico não te pode impedir; porque a visão do mal é a vingança da salamandra escrava; mas a fixidade dessa luneta além do número de treze minutos é a vidência do futuro, e essa eu ta impeço, Cashiel! Schaltiel! Aphiel! Zarabiel! eu ta impeço, criança louca: essa luneta fixada além de treze minutos se quebrará em tuas mãos!

E tendo assim falado, empurrou-nos rudemente para fora do gabinete, e trancou-nos a porta.

Voltamos espantados e mudos pelo extenso corredor; o que se tinha passado era tão maravilhoso que nos estava impondo a eloquência sublime do silêncio.

Chegados ao armazém os meus dois amigos, o bom velho e o Reis, convidaram-me a experimentar logo, ali mesmo, e à luz do gás a minha luneta mágica.

— Não, disse-lhes eu; esta luneta é a minha extraordinária esperança de luz; a luz da noite, se a dá a lua, é emprestada, se a dá a arte dos homens, é artificial; quero, devo esperar o dia, a luz da natureza, quero esperar a aurora, e o sol.

Um homem que espera pela luz, espera pela vida. Eu ainda duvidava do poder mágico do armênio; não quis apagar minha dúbia esperança na mesma hora, na mesma noite em que ela nascera.

Despedi-me do Reis e saí com o bom velho, que ainda se prestou a acompanhar-me.

Quando entrei em minha casa, davam os sinos o sinal de três horas da madrugada.

Pouco falta para romper a aurora e brilhar o sol.

Em breve experimentarei se vejo, como e quanto vejo.

Agora vou fazer por dormir, se puder dormir.

FIM DA INTRODUÇÃO

VISÃO DO MAL

■

I

Não me foi possível dormir. Fiquei velando ansioso a esperar pelo dia, como o preso que espera ouvir soar a hora, em que lhe asseguraram liberdade.

Procurei abreviar o tempo, ocupando o meu espírito; naturalmente lembraram-me os conselhos que me dera o armênio.

Refleti.

O mágico me recomendara que me abstivesse de fixar a minha luneta sobre o mesmo objeto por mais de três minutos; porque além de três minutos ela me daria a visão do mal, em que a salamandra cevaria a vingança da sua escravidão encantada.

Deverei eu obedecer neste ponto o conselho do armênio?... compreendo que pobre de espírito como sou, arrisco-me a errar gravemente, querendo deliberar por meu próprio entendimento, e por isso até hoje o mano Américo, que é sábio e justo, sempre tem pensado por mim.

Todavia está me parecendo que ver o mal que se contém em um homem, em uma mulher ou em qualquer objeto pode antes ser útil do que nocivo, porque em todo caso me servirá para fugir do mal.

Eu não entendo bem o que o armênio chama visão do mal; se porém é simplesmente o que significam as duas palavras, chego a presumir, que a visão do bem há de por força ser mais suave; mas a visão do mal necessariamente mais proveitosa ao homem que faz na terra a viagem difícil e perigosa da vida.

Ora, o que o armênio me proibiu, foi a fixidade da minha luneta por mais de treze minutos, foi a visão do futuro, sob pena de quebrar-se a luneta em minhas mãos, e a semelhante calamidade nunca por certo me hei de expor; ele porém não me proibiu, apenas me aconselhou que me abstivesse da visão do mal.

Assim, pois, o que mais acertado e prudente devo supor, é, se a luneta mágica não for malvada zombaria ou presente da loucura, experimentar uma vez a visão do mal; porque em todo caso conservo o direito e arbítrio de limitar-me daí em diante à simples visão da superfície e das aparências, como diz o mágico.

Foi isto o que refleti, e o que pela primeira vez resolvi por mim sem consultar o mano Américo.

E de novo nesta noite maravilhosa veio-me a lembrança de Eva e reconheci a minha procedência legítima da primeira pecadora; mas em vez de achar na procedência e no primeiro pecado lição contra a desobediência, achei somente desculpa da minha curiosidade talvez temerária.

II

A frescura das auras matinais anunciou-me que se aproximava a aurora.

A janela do meu quarto se abre para o jardim e olha para o oriente; lancei-me para a janela abençoada e com a minha luneta na mão deixei-me ficar em pé, imóvel, contando na alma os instantes que iam passando vagarosos.

Eu respirava as exalações deleitosas das flores do jardim, e sentia nos meus cabelos e no meu rosto a doce impressão dos sopros da madrugada.

De súbito perguntei a mim mesmo em quem ou em que faria o ensaio, a experiência do encanto da minha luneta.

Embora eu tivesse acabado de recorrer à magia, o meu coração estava sempre e todo voltado para o céu.

Lembrou-me logo ver uma flor, que é símbolo de pureza; mas rejeitei esta ideia; porque a flor é apenas ornamento da terra.

Preferi ver a aurora que também é flor; mas é rosa do céu.

A aurora! eu nunca tinha visto a aurora! Ouvira ler vinte, cem descrições da formosa precursora do sol, e chorara vinte, cem vezes por não poder admirar a diva matutina que recebe diário culto dos turíbulos das flores e da música dos passarinhos.

É a aurora, é a rosa do céu que, antes de tudo mais, quero ver... se puder ver; é a aurora que é pura, que é o sorrir do sol mandado de longe à terra, é a aurora que eu contemplarei por mais de três, por dez minutos sem temer a visão do mal; porque no seio e através da aurora só poderei ver o sol, que é majestade pela luz, vida pelo calor, providência pela regulação do movimento dos planetas.

Estremeci, ouvindo o canto dos passarinhos no jardim, e o ruído e a festa da natureza, saudando o despontar da aurora.

Era tempo; mas demorei-me ainda, aspirando mais luz, mais brilhante alvorecer no horizonte; o meu coração palpitava com força, a minha alma estava nadando em mar de esperanças e de temores; enfim minha mão se ergueu convulsa... fixei a luneta...

Oh! felicidade!... oh, supremo gozo!... eu vi!... eu adorei a aurora!

Ah! contemplei esse quadro ao mesmo tempo gracioso e magnífico de rosas de fogo suave, esse rubor da virgem do oriente acendido pelo beijo de fogo brando que o sol na face lhe imprime!

Como é bela, esplêndida, fresca, sublime a aurora! Não se descreve: é como o primeiro despertar de noiva formosa no leito nupcial, mistura de glória e pejo, de pudicícia e de flamas que fazem corar... é o indizível... o céu abrindo-se à terra.

Eu estava embevecido a olhar a aurora pela minha luneta mágica, admirava, apreciava uma a uma todas as pétalas daquela rosa do oriente que resume mil rosas, todas as nuanças daquelas tintas de fogo saídas dos pincéis dos raios do sol...

Esqueci o tempo a olhá-la... sem dúvida eu ia já além de três minutos...

E de repente as rosas fulgurantes foram se apagando... vi uma nuvem negra, feia, horrorosa, preparando em seu seio tempestade violenta, senti a trovoada e o raio, as trevas perto da luz, o estridor abafando o trinar das aves...

Vi o sol, mas não senti nem a luz da majestade, nem o calor que fecunda, vi os raios de ardor desastroso que crestam as plantas e preparam a miséria e a fome; vi raios que pela insolação tinham de produzir a loucura, vi raios que forjados para vibrar sobre os tanques de águas estagnadas, e sobre os pauis, iam levantar, espalhar miasmas e com eles derramar a peste e a morte sobre os homens, vi o sol — não formoso — mas cheio de manchas; vi o sol — não fonte de vida — mas senti a sua força atrativa forjando só os terremotos, os cataclismos, o horror...

Recuei assombrado... a luneta mágica abandonada pela mão que a sustinha, caiu-me no peito... nada mais vi, exclamei porém com dor profunda:

— Meu Deus!... como a aurora é enganadora e falsa!... e como o sol é feio, terrível e mau!!!

■

IV

O armênio tem razão: a visão do mal é um tormento; ver muito é um erro; ver demais é um castigo; a temperança é virtude que deve presidir e moderar os gozos de todos os sentidos do homem.

Por que, para que me expus a desestimar a aurora que é tão formosa, e a descobrir na natureza e na influência do sol que dizem ser fonte de vida, tantos germens de destruição e de morte? Por que e para que ficar-me na alma esta desconfiança das ilusões da aurora, esta certeza de que o sol é também assassino da criação e assolador da terra?...

E por que esta luneta mágica além de três minutos de fixidade só me deixou ver os males e os horrores que o sol pode produzir e negou-me a contemplação dos seus benefícios?

Oh! foi dolorosa; mas será profícua a lição; doravante saberei defender-me da vingança terrível da salamandra escravizada: aborreço, não experimentarei mais a visão do mal; basta-me a visão da superfície e das aparências. Se o mundo é de enganos, se a vida é de ilusões, se na terra a felicidade do homem está nas ilusões dos sentidos, e nos enganos da alma, eu quero iludir-me e enganar-me para ser feliz.

Oh! vem, minha luneta mágica, vem! mas para que eu te fixe somente dois minutos sobre cada objeto.

E eu fixei a luneta nas flores, cujo matiz, e cujas cores variadas e belas enfeitiçaram meus olhos, fixei-a nos passarinhos, nas borboletas, nas folhas das árvores que ainda lagrimejavam gotas de orvalho e festejei todos estes tesouros da natureza, que eu via, e distinguia perfeitamente pela primeira vez.

Gozei uma hora de inexplicável encantamento, gozei muito, muito; mas, preciso é confessar, os meus gozos, suavíssimos embora, foram sempre perturbados por dois sentimentos que de certo modo os deixavam incompletos.

Fixando a minha luneta eu sentia logo e quase ao mesmo tempo medo e curiosidade; medo de esquecer o tempo e de chegar à visão do mal, e curiosidade teimosa, insistente, insidiosa e cada vez mais forte dessa mesma visão do mal.

Pouco e pouco venci o medo, medindo instintivamente os minutos; não pude porém vencer, domar a curiosidade, que em luta aberta com a minha razão, martirizava-me, aguçando um desejo fatal.

Essa curiosidade era como a tentação do demônio que nos arrasta ao pecado; meus lábios haviam já tocado uma vez na taça oferecida pela tentação, e o veneno que eu bebera, abrasava o meu seio e eu tinha sede devoradora da visão do mal.

A salamandra, o gênio, o demônio tentador estava incessantemente a dizer-me ao ouvido que eu era senhor de um poder, de que nenhum outro homem, nem sábio, nem rei, podia usar e aproveitar-se, e que só a fraqueza de ânimo ou os hábitos rudes da mais triste ignorância explicariam o abandono, o sacrifício desse poder encantado que me fazia penetrar e ler no íntimo dos seres.

E foi no instante em que mais violento era o combate da curiosidade com a razão que divagando, passeando com a minha luneta, vi a prima Anica entrar no jardim.

V

Fitei-a.

A prima Anica estava vestida de branco e com os cabelos soltos. Eu já tinha ideia do seu rosto, mas ainda não apreciava bem o seu porte; agora não tenho dúvidas sobre o juízo que fazia do seu merecimento físico.

Anica não é feia, nem bonita; abre muito os olhos, porque os tem pequenos e sem o fogo do sentimento; seu rir é triste, sua cintura delicada, os braços são tão finos que movem dó, e os pés tão grandes, que fazem pena; tem cabelos pretos, finos e bastos; o seu parecer porém, a sua figura, o seu andar são de um desenxabimento, que desconsola. O melhor dom que a natureza lhe deu foi a voz, que é doce e maviosa como a queixa de uma santa.

Retirei a luneta antes de passar o terceiro minuto; mas imediatamente senti o impulso da curiosidade que se tornava irresistível.

Esqueci o protesto feito, esqueci a dor da primeira experiência da visão do mal, esqueci, sufoquei a razão que ainda me falava, condenando o desejo imprudente, e dizendo a mim mesmo:

— Preciso saber com quem vivo.

De novo fitei a minha luneta sobre a prima Anica, que estava dando os bons-dias às suas flores.

A princípio vi somente o que já tinha visto, que ela não era nem bonita nem feia, mas notavelmente desenxabida. Passados três minutos, não lhe vi mais o rosto nem a figura, vi-lhe o coração e a alma; o coração era uma pedra de gelo, a alma era o espírito reduzido a cálculo, a alma era como o seu olhar sem o fogo do sentimento; no seu coração li a indiferença e a tristeza, na sua alma a ambição de um marido rico que lhe desse mais o gozo da mesa, do que o esplendor do luxo e das festas; era, é a mulher fria, egoísta, positiva, material, incapaz de amizade, e ainda menos suscetível de amor, mulher que sendo esposa nunca desejaria um filho, nem teria zelos do marido, mulher sem caridade, porque só vivia ocupada de dormir bem, comer bem, e passar bem.

Encontrei a minha imagem na alma de Anica, mas a minha imagem estava ali, como se fora um X em um problema de álgebra: eu era em sua alma uma hipótese de marido, e como letreiro, como nome da minha imagem, li em caracteres aritméticos a soma das legítimas, das heranças que me haviam deixado meu pai e minha mãe!...

E mais viva do que a minha imagem vi a do mano Américo que é muito mais rico do que eu (sem dúvida porque ele pensando por dois, pensava mais e melhor em si, do que por mim e em mim), vi a imagem do mano Américo, outra hipótese de marido, mais desejada, mais afagada do que a minha hipótese, mas só com afagos de cálculo, e sem um ligeiro afago de amor.

E, à exceção do gelo e do cálculo, coração morto na vida, alma estéril, seca, inóspita.

Anica é a mulher do egoísmo sublime; contanto que lhe dessem boa casa, boa mesa, bom jardim e melhor pomar, amas se tivesse filhos, criados que a deixassem não trabalhar, silêncio e isolamento à noite para dormir à vontade, poderia enviuvar vinte vezes, dando à memória de seus finados, não a consolação das lágrimas do amor e da saudade, mas a da certeza de não ter sido infiel, nem falsa a nenhum deles menos por virtude, do que pela acerbidade e aridez de sua alma enregelada. Que mulher! olhos sem lágrimas, terra sem vegetação, mar sem ondas nem tempestades, céu sem estrelas e horizonte sem nuvens, natureza, rochedo.

Desviei a minha luneta dessa mulher, campo árido, deserto infindo de áreas estéreis sem um só oásis consolador.

Mulher-cálculo, mulher-aritmética, mulher sem sentimento, mulher sem amor, mulher-egoísmo é um triunfo da matéria sobre o espírito, mais terra do que céu, mais pó do que alma, mais lodo do que pureza da eternidade; é a mulher-monstro que calunia a mulher criada por Deus; é um assombro que se faz admirar pela hediondez.

A prima Anica tornara-se para mim repulsiva, mais do que repulsiva, repugnante.

Jurei que nunca mais fixaria nela a minha luneta mágica.

VI

Amarga desilusão acabava de obumbrar-me o ânimo: a prima Anica que tanto procurava agradar-me e que pudibunda recorria aos apólogos para manifestar-me a ternura dos seus sentimentos, a prima Anica que eu reputava o símbolo do amor mais puro e desinteressado, não era mais do que uma mulher insensível, egoísta, e somente preocupada dos gozos da vida animal!...

Eu nunca sentira amor pela prima Anica; mas votava-lhe amizade fraternal, e experimento verdadeira mágoa, reconhecendo que não mais posso estimá-la como dantes. Doce amizade! é uma flor de menos no jardim do meu coração.

Entretanto não me arrependo de haver-lhe devassado a alma, e descoberto a verdade dos seus sentimentos mesquinhos e vis: esta senhora, pelo menos não há de mais enganar-me.

As vozes do mano Américo e da tia Domingas que, entrando juntos no jardim, dirigiam gracejos à Anica, chamaram a minha atenção.

Eu já não combatia mais a curiosidade da visão do mal: o conhecimento a que eu chegara, da falsidade da prima Anica, me excitava o desejo de esmerilhar os segredos de outros corações.

Lancei a luneta sobre o mano Américo e observei-o: mancebo de agradável parecer, é pena que seus olhos, aliás bonitos, não tenham firmeza no olhar, que não se demora em objeto algum e parece ou temeroso ou movido por preocupações do espírito a divagar estonteado, ou a fugir à observação dos homens; além desse defeito, notei que sua boca escapara de ficar sem lábios, tão finos são estes, e que o seu sorrir mostrava ser antes uma concessão artificial de aparente alegria, do que sinal espontâneo de íntima *ledice*[13].

E passaram três minutos: oh! minha cega e imensa credulidade! o político patriota era apenas um ambicioso vulgar! o nome da pátria era uma alavanca, a dedicação ao povo um meio de construir escada: Américo queria subir, queria ter influência; mas nem ao menos por vaidade, ou também um pouco por vaidade; somente porém por cálculos de fortuna, somente para explorar as posições oficiais em seu proveito material; desprezava as graças, os títulos nobiliários, o brilhantismo da corte, as fardas de ricos bordados de ouro; mas desejava tudo isso como sinais de importância pessoal para negociar ainda mesmo com as exterioridades; talentoso, instruído, hábil, vende-se ou vender-se-á, aluga-se ou alugar-se-á sem parecer que o faz, ostenta e ostentará independência e abnegação, não pedindo jamais ao governo favor algum para si; mas fará questão de um contrato, cuja celebração irá dar contos de réis à sua mesa de advogado; fará questão de um privilégio para a empresa de que não é, nem será acionista; mas cuja gratidão já foi em segredo ajustada. Sua eloquência será ameaça viva a todos os ministérios novos; o leão parlamentar porém se deixará levar por um fio de seda, que ele transformará oportunamente em corrente de favores, não para si, só para amigos, cujo reconhecimento nada tem com as suas relações com os ministros; e servirá ao Estado, e será patriota assim, e subirá, e há de ser grande na sua terra.

Dá o nome de amigos a três mil conhecidos, sabe angariar simpatias, colhe os frutos de mil préstimos, e não é amigo de homem algum, sabendo todavia servir com empenho àqueles que têm de servi-lo em dobro depois; mas serve só e sempre como intermediário, do seu apenas serve, dando o tempo que emprega para pedir e obter.

Em relação à família, Américo negocia com a legítima paterna da prima Anica, com a fortuna da tia Domingas e com a minha; convenceu--nos a todos de que perdêramos a quarta parte do que possuíamos na quebra das casas bancárias em 1864; ele porém ganhou nessa crise setenta e cinco por cento da soma das nossas três fortunas prejudicadas, isto é, aumentou

---

13 *Ledice*: Alegria, contentamento, satisfação. (N.E.)

a sua riqueza na proporção exata de nossas perdas; não toma compromisso sério; deixa que a tia Domingas lhe fale muitas vezes do seu casamento com a prima Anica; mas projeta abdicar em mim esta glória, e fareja entre os dotes ricos o dote mais rico para se casar com ele, aceitando, como meio indispensável da transação, uma pobre noiva condenada aos tormentos da sua indiferença.

Não esquecendo que sou seu irmão, Américo não me ama, mas olha-me com piedade; creio que não me deixará morrer de fome, creio; porque tenho horror à incredulidade em tal hipótese; creio, revoltando-me contra a visão do mal; mas vejo bem que se ele puder, absorverá tudo quanto possuo.

Américo não é avarento, porque despende bastante para viver com decência e algum luxo; é porém o homem sedento de ouro, e para quem família, pátria e Deus se resumem no — ouro.

Enriquecer é a sua ideia: se chegar a possuir cem mil contos terá ambição cem mil vezes maior, e não fará bem algum à humanidade.

Entristeci-me profundamente, pensando no que acabava de ler no livro aberto da alma de meu irmão; logo porém, e como ansioso a procurar, a pedir uma consolação, fitei e observei por dez minutos a tia Domingas.

É uma senhora de sessenta anos, gorda, simpática, e perseguida de ataques erisipelatosos que a têm avelhantado mais que os anos; traz ao pescoço três ou quatro breves da marca, e na mão o rosário em que aponta as suas orações; sua fisionomia é plácida, tranquila como a face de um pequeno lago, é um espelho da virtude da paciência, e nos seus olhos que a miúdo se voltam para o céu parecem brilhar os raios da esperança e da fé.

Mas a visão do mal mostrou-me em seguida a hipocrisia de sua face: a tia Domingas é invejosa e má; detesta as moças porque é velha; maldiz das traições e dos enganos do mundo porque não espera mais ser traída, nem enganada; benze-se, levantando aleives às vizinhas, ou propalando suas fraquezas; faz incríveis economias no governo da casa, esconde dentro do colchão e das almofadas de sua cama o dinheiro que poupa, e no princípio de cada mês se lamenta da insuficiência da verba concedida por Américo para a manutenção da família; não dá um vintém de esmola aos pobres; arranca à rudeza e à calúnia odienta dos escravos os segredos verdadeiros e falsos da vida íntima de seus senhores, e faz das confidências capítulos de acusação maledicente, acompanhados sempre de um — *Deus me perdoe! na terra o acho, na terra o deixo!* e pecadora que peca mil vezes por dia, pensa que engana a Deus, rezando, quando não peca.

Tem no mundo um amor, é sua filha; aborrece Américo; mas finge que o estima para ver se consegue casar Anica ou com ele ou em último recurso comigo; aborrece-o porque lhe inveja a riqueza que ele acumula, adorá-lo-ia, se Anica se tornasse senhora de metade da sua fortuna; não me ama, mas tolera-me, sou a seus olhos um genro obrigado na falta de Américo.

Pela força do hábito os lábios da tia Domingas estão em movimento incessante, porque sua boca repete maquinalmente as orações de seu rosário; interrompe, porém, as orações a cada instante no governo da casa para proferir pragas contra os escravos, chamado mil vezes pelo nome do diabo; mas não tem ideia deste pecado; porque reza, como peca, e peca como reza, sem intenção, nem consciência.

A tia Domingas é santa pela cara, e condenada pelo coração.

Retirei a minha luneta, saí da janela, e murmurei tristemente:

— Com que gente eu tenho vivido!... que desilusões, meu Deus!... que desgraça é perder como perdi a confiança nos parentes, e o amor que eu sentia por eles!!!

VII

A visão do mal, o conhecimento das paixões ruins, dos vícios, dos intentos pérfidos ocultos nas dobras negras dos primeiros corações humanos que eu devassara com a minha luneta mágica, dos três corações, em que eu mais confiava, e que mais amava, começavam a produzir no meu espírito os seus naturais efeitos.

Se meu irmão, minha tia e minha prima, os únicos parentes que me restavam no mundo, os dois primeiros que me haviam criado desde bem tenros anos, Anica que fora minha camarada da infância, quase minha irmã, assim tão cruelmente me enganavam, que podia eu esperar dos estranhos e dos indiferentes?...

E o armênio aconselhar-me que me abstivesse da visão do mal! que erro! Devo eu preferir viver iludido e vítima cega, estúpida, entregue de corpo e alma àqueles que abusam da minha inocência e simplicidade para sacrificar-me ao seu egoísmo e à sua ambição criminosa?

— Oh! mil vezes, não! A visão do mal me envenenará talvez a vida; mas há de ser o meu escudo contra os pérfidos, e me acenderá luz para livrar-me dos laços da traição.

Eu sinto já que a minha miopia moral vai se desvanecendo sob o influxo de uma ciência amarga, desconsoladora, triste, comprimente; a ciência do mal; em todo caso porém ciência.

Eu já compreendo e reflito; já sei meditar, e resolver por mim; não sou mais o pupilo perpétuo do mano Américo. A visão do mal emancipou-me.

Dói-me ter perdido a suave, a deleitosa crença da lealdade do amor dos parentes; dói-me, porém acabo de perdê-la.

VIII

A miopia moral, a ignorância completa do mal, a inocência conservaram-me até esta manhã franco, simples, sem uma nuvem de suspeita na alma, sem desconfiança dos outros, e com o coração aberto, transparente aos olhos de todos.

O conhecimento do mal vai operando em mim forçosa modificação de ideias e de sentimentos.

Já sei que é preciso fingir: já o sei; porque estou determinado a esconder de Américo, da tia Domingas, de Anica e de todos a principal virtude da minha luneta: direi que por meio dela distingo melhor, mas ainda imperfeitamente os objetos.

Vou portanto dissimular e enganar; primeira lição da ciência do mal que a visão do mal me está dando; primeiro passo no caminho tortuoso da desmoralização; mas inevitável; porque é preciso dissimular e enganar para defender-me de parentes desamorosos e pérfidos e para, cauteloso e seguro, realizar projetos que desde alguns minutos fervem no meu espírito exaltado pelos ressentimentos do coração.

Nas lutas do mundo devo bater-me com armas iguais às daqueles que me hostilizam: dissimulação contra dissimulação, engano contra engano.

Em uma hora experimentei três desilusões que me envelheceram trinta anos! Os gelos de três desenganos apagaram no meu seio o fogo santo de três afeições profundas, inocentes e puras.

IX

Tenho na mente uma providência que me é necessário tomar em breves dias; tenho no coração um vácuo que ardentemente desejo preencher sem precipitação, mas quanto antes.

Quando retirar do mano Américo a gerência da minha fortuna: eis a providência que vou tomar; acharei um procurador zeloso, prudente e honrado que se incumba deste negócio, e o efetue sem escândalo, e sem descrédito de meu irmão, a quem não me dirigirei sobre este assunto; porque me repugna expor-me ao extremo de confundi-lo em face.

Não preciso de informações nem de recomendações para a escolha do meu procurador: a minha luneta mágica me ensinará qual dentre muitos merecerá ser preferido.

Hoje mesmo darei princípio a este estudo, aos trabalhos desta descoberta ou preferência.

O preenchimento do vácuo do coração é mais difícil, e há de ser mais moroso.

Estou; mas não é admissível que eu possa viver sem família.

Estou sem família, a visão do mal rompeu os laços que me ligavam aos meus três e únicos parentes.

Essas três afeições, essas três únicas flores do jardim do meu coração murcharam para sempre, e o meu seio ficou deserto e noite.

Nasci para amar, tenho sede de amor[14]; não posso viver assim.

A família é na terra a beatificação da vida do homem; a família é o mundo em festa no lar doméstico; a família é a imensa vida de amor, em que se identificam algumas vidas que se amam, que se abraçam, que se completam; a família é a consolação no infortúnio, o suave descanso no fim do trabalho e das lidas, é o rir de muitos pela felicidade de cada um de seus membros, é na extrema hora o colo em que se encosta a cabeça para dormir o último sono, é o pranto de amor que orvalha a sequidão da morte, a mão de amor que, religiosa, fecha os olhos do morto.

Eu quero ter família, não posso viver sem ela.

Estou como enjeitado que sai do hospício, estou só, sem um parente, estou — deserto e noite, e aspiro sociedade e luz.

O enjeitado não tem; mas pode criar e cria uma família para si, procura uma mulher, e abre-lhe o coração; a mulher o faz esquecer o deserto e a noite do passado, dando-lhe a sociedade, e acendendo-lhe a luz do presente e do futuro.

A mulher é a placenta da família, é a criação privilegiada, a última e a mais mimosa criação de Deus, que em um sorrir divino nela derramou a graça que encerra o encanto da vida do homem.

Eu quero procurar uma mulher jovem, bela e pura, que me dê família: eu estou deserto e noite; quero receber a companhia do coração e a luz dos olhos de uma mulher formosa e santa; quero um anjo, a cujas asas brancas me prenda, para sair do deserto e da noite.

Avalio bem as proporções imensas da minha aspiração; mas a luneta mágica me deixa ler os segredos de todas as almas, e, mercê desse encantado privilégio, hei de achar o botão de inocência que almejo, a noiva —anjo da terra que adorarei perpetuamente.

À mesa do almoço apareci com a minha luneta, e causei surpresa; disse que auxiliado pelo poderoso vidro, podia ver melhor do que dantes, embora menos do que desejava; mas acabando de almoçar e usando da luneta, servi-me de um palito sem pedir que mo dessem.

Diante dessa prova evidente de que já me era fácil distinguir um palito, o mano Américo abriu a boca espantado, a tia Domingas benzeu-se, e a prima Anica consertou com faceirice as dobras e o laço do seu fichu que aliás não tinham desconcerto algum.

---

14 *Nasci para amar, tenho sede de amor*: O autor parece lembrar o famoso verso de Sófocles, na peça *Antígona*: "Eu não nasci para o ódio, mas somente para o amor!". (N.E.)

Enfim meu irmão e minha prima deram-me uns parabéns que me pareceram muito dessaboridos; minha tia disse: "Deus te abençoe para que não peques pelos olhos!" e eu despedi-me e fui para o júri.

■

X

Nas ruas vi tudo de passagem e fruí mil gozos novos para mim com a simples visão das aparências; mas chegando à sala do júri e tomando a minha cadeira, dispus-me a não poupar o meu privilégio da visão do mal.

Nesse dia não saí sorteado, embora se formassem dois conselhos que consecutivamente julgaram o primeiro um, o segundo dois réus.

Em qualquer dos três réus encontrei um coração negro, um homem--fera; do primeiro julgado, porém, não lhe descobri na consciência indício algum do crime de que o acusavam, e foi exatamente contra esse que mais vigorosa se desencadeou a palavra do acusador.

Fitei minha luneta no advogado que assim falava por parte do autor, e no fim de breves minutos reconheci que ele estava convencido da inocência do réu que acusava.

Examinei no segundo processo a consciência do eloquente defensor dos dois réus justamente processados por crime de homicídio, e vi que ele fazia prodígios de habilidade sofista para iludir os jurados, e levá-los a obrigar injusta sentença de absolvição.

Arredei de meus olhos a luneta que acabava de fazer-me descrer do sacerdócio da advocacia.

— Como é, perguntei a mim mesmo; como é que um advogado ostenta a mentira e o dolo, rebaixando uma das mais nobres e esplêndidas profissões, sustentando, demonstrando o contrário do que pensa e do que sente, para ganhar a soma, por que contratou a acusação ou a defesa?...

— Como é que se abate assim o talento, e se aniquilam as grandes noções do dever?

Um advogado era para mim a luz do direito, o escudo da inocência, o campeão da lei; era a sabedoria a pleitear pela justiça; como pois um advogado se anima a mentir diante de Deus e dos homens, a malfazer a sociedade, esforçando-se com todo o poder das suas faculdades para que se julgue inocente e puro um assassino conhecido e provado, um malvado que ele sabe que é assassino?... e, mil vezes ainda pior, como é que outro advogado profundamente convencido de que o réu não cometeu o crime que lhe imputam, ousa ir acusá-lo, ousa ir pedir que o encarcerem, que o condenem a trabalhos forçados?...

E além da mentira o dolo!... o dolo; porque tais advogados se empenham em enganar os juízes de fato, tecem ardis, desfiguram os atos praticados, enredam e perturbam as testemunhas, tornam o processo caos com o fim de arrastar o júri a decisões contrárias à verdade e à justiça e só em proveito dos clientes que os têm contratado para acusar ou defender?...

E do mesmo modo que praticam em questões criminais, que afetam a moralidade e a segurança da sociedade, e a liberdade e os direitos individuais, hão de também praticar nas questões que se referem à propriedade!... haverá pois advogado que convicto da infame velhacaria do seu cliente, ainda assim lhe alugue a sua banca, que devia ser altar nobilíssimo, e ponha em tributo os recursos da sua ciência para ajudar o cliente a roubar o alheio?!!!

Ah! visão do mal que me estás levando a descrer da humanidade! tu me serás talvez fatal; mas eu te quero, e não te dispenso mais; porque tu és luz, embora sejas luz do inferno.

XI

Entre o primeiro e o segundo processo tivemos uma hora de folga, que tanto durou o conselho secreto.

O meu velho amigo, cujo nome quero agora declinar, o Sr. Nunes, veio sentar-se junto de mim; apertei-lhe a mão com força, prazer e confiança; pois era a ele que eu devia o ter ido à casa do Reis, onde encontrei o maravilhoso armênio.

— Então? perguntou-me o velho; que tal achou a luneta?... estou ansioso por sabê-lo; não dormi um instante toda a noite; que me diz da luneta?

— É admirável, meu amigo.

— É na verdade mágica?

— Estupendamente mágica.

— Conte-me alguma coisa...

Contei-lhe tudo.

Cometi um erro, sendo completamente franco na exposição de todas as minhas experiências, e outro, ainda maior, na confidência dos meus dois projetos, o de encarregar a um procurador hábil o arranjo dos meus negócios com o mano Américo, e o de criar para mim uma família, casando com uma jovem formosa e pura.

O velho Nunes sorriu-se agradavelmente, com expansão de amizade, apertando-me as mãos, e desfazendo-se em felicitações; a alegria radiava-lhe nos olhos e no rosto. Que excelente e nobre homem!... que diferença entre ele e os meus três parentes!...

No fim de alguns minutos em que me pareceu refletir, disse-me:

— Eu creio que nasci predestinado para lhe ser útil.

— Já lhe devo muito.

— E vai dever-me mais; o seu primeiro projeto é justo; mas arriscado...

— Por quê?

— Mal pode calcular como são alicantineiros, palros e vorazes quase todos os procuradores e solicitadores que por aí andam, e receio muito vê-lo cair nas garras de algum desses trapaceiros.

— Pensa?...

— Mas ainda bem que eu sou também solicitador no foro da corte, e tenho orgulho da reputação de probidade e de dedicação, que ninguém ousa disputar-me; o trabalho me sobra, e o tempo me falta; mas para servi-lo, ofereço-me de corpo e alma para concluir em poucos dias todos os negócios que tem com seu irmão e sem escândalo nem desgosto.

— Oh! meu bom amigo!

— Pode chamar-me assim; tenho queda para o senhor; amanhã há de jantar comigo: quero apresentar-lhe minha mulher que é uma santa e minha filha que é uma flor do paraíso.

Senti-me cativo do honrado e generoso velho e para melhor apreciá--lo, fixei a luneta, ele porém voltou o rosto imediatamente; três, cinco, dez vezes repeti a manobra, e o Sr. Nunes outras tantas fugiu com o semblante, e por fim ao sair o conselho da sala secreta, mudou o velho de cadeira e sentou-se exatamente diante de mim, dando-me portanto as costas.

Admirei tanta modéstia, e ensaiando uma nova experiência, pus a luneta em ação e olhei o velho Nunes pelas costas durante sete minutos.

Oh! luneta sublime! não há recurso que possa anular a tua força!

Eu vi perfeitamente o homem.

Misericórdia! que enormíssimo tratante é o Sr. velho Nunes! — afável, obsequiador, loquaz, insinuante, sabe um por um todos os segredos das traficâncias que desmoralizam o povo; tem falsificado documentos, rasgado e sumido folhas de autos, já furtou a firma de um juiz, já solicitou pró e contra em mais de vinte causas, tem comprometido interesses, demolido fortunas, e ainda não entrou na casa de correção!... Aluga-se, quando não lhe convém vender-se, e vende-se apenas lhe chegam ao preço; tem de seu mais de cem contos de réis torpemente adquiridos, e é usurário de profissão; surrava os escravos sem piedade, vendeu-os todos há poucos meses, arremata outros em praça para vendê-los em breve prazo, e é entusiasta da emancipação; é cabalista admirável de eleições, tem sido eleitor por todos os partidos, e votado como eleitor nos candidatos que lhe compraram os votos por dinheiro, e por transações que valem dinheiro. Exalta os gozos suaves e a santidade do lar doméstico, e no lar doméstico dá pancadas na mulher, que o teme e que o detesta, e vive em guerra aberta com a filha porque ela em doces e costuras que faz ganha somente bastante para se vestir.

E, o que é mais, eu me vi, eu me encontrei e me reconheci nos cálculos da mente do velho Nunes!... Ele sabe melhor do que eu a quanto chega a minha fortuna, planeja explorá-la em seu proveito, desacreditar, infamar meu irmão, ou negociar com ele em meu prejuízo, e finalmente concebeu a ideia de casar-me com sua filha!!!

Tive horror do execrável Nunes, a quem mais nunca darei o nome de velho amigo; senti-me, porém, desconsolado e triste, descobrindo tanta malvadeza, em quem supunha tanta bondade e virtude.

É ainda uma desilusão! é ainda um turvo desengano a arrastar-me à desconfiança e talvez em breve ao aborrecimento dos homens.

Saí do júri mais sombrio e abatido do que os réus que por ele acabavam de ser condenados.

XII

É claro que não procurei mais encontrar-me com o velho Nunes, e aproveitando a lição desse novo desengano, compreendi que me cumpria ser ainda muito mais cauteloso na escolha do meu procurador, e principalmente na eleição da minha noiva.

Empreguei quatro dias no empenho da descoberta de um procurador, como desejava, e perdi o meu tempo: estudei com a minha luneta mágica nada menos que trinta e tantos procuradores e achei-me sempre de mal a pior! Pareceram-me todos eles verdadeiros procuradores do epigrama de Bocage; os que se diziam melhores e passavam por mais hábeis e dedicados, eram os piores pela mais refinada arteirice, e profunda malícia.

No fim dos quatro dias senti-me tonto, aborrecido, desesperado, e com a convicção tristíssima, de que não encontraria procurador, que pudesse merecer a minha confiança.

— Que homens! disse comigo mesmo; que gente desmoralizada, ardilosa e má! Isto será talvez devido à influência do ofício: eles têm tantas vezes de procurar, de trabalhar em proveito de causas injustas, têm tantas vezes de contrariar a verdade, a justiça, a inocência, e o direito, que acabam por habituar-se ao dolo, à mentira, e ao sacrifício de todas as noções do dever. Há de ser assim, e nem pode ser de outro modo; porque a minha luneta mágica, que me faz ver no íntimo dos corações, não me deixa cair em falsas apreciações.

— Mas todos eles maus e nem um único bom ao menos sofrível... é demais! Não quero tão cedo continuar na descoberta de procurador; estou cansado de ver homens ruins; tratarei de consolar-me contemplando as graças do sexo encantador.

O último dos quatro mal-afortunados dias fora de abrasadora calma; ao declinar da tarde dirigi-me ao Passeio Público.

Era a primeira vez que eu visitava, com a certeza de poder apreciar pela visão, esse pequeno, mas preciosíssimo jardim, onde a população da cidade pode ir gozar das árvores sombra e imperceptível respiração purificadora do ar, das flores encanto e perfumes, do mar o aspecto sublime, da terra limitada amostra da opulência majestosa da natureza do nosso Brasil, e das magias da tarde a suave frescura da viração.

Entrei no Passeio Público, e com apressada curiosidade fui vendo e gozando os deleitosos quadros da relva verdejante, dos grupos de arbustos graciosos, das árvores gigantes, das correntes d'água, das pontes, do outeiro dos jacarés, do terraço que se torna admirável pela vista das montanhas, dos rochedos e do mar, das fortalezas e das ilhas, das praias e da cidade formosa, mas recreio da cidade ofuscadora, a que demora fronteira.

Tudo isso era novo para mim, tudo, todas essas maravilhas da criação, todos esses belos testemunhos, todas essas obras do trabalho e da arte dos homens.

Eu devia esquecer-me de mim mesmo, embevecendo-me na contemplação de tantos prodígios; senti porém perto de mim, em torno de mim, passando junto de mim, indo e vindo, outra maravilha, que os homens veem em toda parte, a todas as horas, e que nunca se satisfazem de admirar, e de amar; ouvi o ruído do arrastar de vestido, senti doces e sutis aromas deixados em leve rasto, tocaram-me os ouvidos os sons murmurantes de vozes argentinas, em uma palavra, senti a mulher, e não vi mais nem serras, nem ondas, nem natureza grandiosa, nem arte nascente, nem florestas, nem cidades; senti perto de mim a mulher, e, olvidando tudo mais, voltei-me para contemplar a mulher.

XIII

Não era uma, eram cem as senhoras que passavam e que estavam no terraço.

Sentei-me em um dos bancos de mármore e deixei fixada a minha luneta.

Mais de vinte jovens senhoras me pareceram bonitas; defronte de mim porém estava sentada junto de um venerando ancião a mais formosa donzela.

Vestira-se de branco, tinha os cabelos negros, os olhos pretos, grandes e suavíssimos, eram olhos que não abrasavam, mas que inundavam de doçura, de luz branda, de enfeitiçadas delícias o coração do homem que lhe merecia um olhar; tinha no rosto a palidez enlevadora, que não indica sofrimento e atesta fina sensibilidade; o seu corpo era esbelto, e sua cintura de proporções delicadíssimas; trazia na mão pequenina e branca um leque de madrepérola com que se abanava distraída, absorta na contemplação do mar, ou divagando pelos mundos da imaginação; levantou-se a convite do ancião, sem dúvida seu pai, e com ele passeou ao longo do terraço; no fim de alguns minutos tornou a sentar-se no mesmo lugar em que estivera.

Era indizível a graça do seu andar tão suave, como o deslizar da nuvem pela face do horizonte.

A donzela pálida afigurou-se-me revelação de todas as perfeições humanas completando um portento de formosura. O rosto é o espelho da alma, a graça, dom do céu: a donzela pálida era necessariamente o símbolo do amor e da pureza dos anjos.

O meu coração palpitava transportado de admiração, e já dominado pelo poder miraculoso de tanta beleza.

— Como está hoje arrebatadora Dona Rosinha! disse um mancebo, falando a outro perto de mim.

Ela chamava-se Rosa; tinha o nome da rainha das flores.

— Está hoje como sempre; mas em que cismará ela?... provavelmente em coisa nenhuma: quer que se acredite que tem horas de embevecimento poético.

— Não; ela fez vinte anos ontem, e está sem dúvida cismando nos motivos por que ainda não se casou...

Revoltei-me contra os dois sacrílegos, apartei-me deles com sentimento de aversão.

Eu tinha observado a formosa jovem, lançando-lhe vistas repetidas, mas passageiras, receoso de sobressaltar o seu virginal pudor; não pude porém resistir por mais tempo ao ardente empenho da adoração da sua alma, e fitei nela a minha luneta por mais de três minutos.

A donzela apercebeu-se da minha contemplação e por acaso ou de propósito deu a seu corpo flexível uma atitude de gracioso abandono, que me deixava apreciar todos os encantos da sua figura, inclinando langorosa a cabeça para o ombro de seu pai, e esquecendo os olhos no céu.

Ah! foi para mim um abismo de magias, um arrebatamento do espírito, irresistível perdição de toda a minha liberdade durante três minutos.

E no fim de três minutos o coração da donzela se patenteou a meus olhos, e os segredos de sua alma se revelaram à visão do mal.

O demônio das contradições absurdas reunira naquela alma de mulher formosa a vaidade mais descomedida, e a inveja mais violenta e cruel: Rosa julgava-se a mais encantadora e bela das mulheres, e invejava de uma os cabelos loiros, de outra os olhos azuis, de sua mãe, o vestido mais rico, de sua prima, a voz de contralto, da amiga da infância, uma prenda que lhe faltava, da noiva desconhecida a fortuna do casamento; invejosa, aborrecia todas as senhoras, vaidosa, queria ser amada, requestada por todos os homens; pela inveja era mordaz, maldizente, intrigante e aleivosa; pela vaidade era imprudente e louca, coração corrompido; não poupava sorrisos, nem olhar animador, nem palavras comprometedoras para prender um namorado; o que era em solteira prometia ser quando casada, namoradeira sempre; e pela combinação da vaidade e da inveja com a sua organização e suscetibilidade nervosas, havia de impor-se absoluta dominadora do marido, a quem não amaria como marido, e só olharia como escravo; frenética, doida em ímpetos de brutais ciúmes não derivados de amor, rancorosa, raivosa, dissipadora, sem consciência do dever, sacrificando por uma noite de baile um ano de pão para a família, não hesitando em reduzir à miséria pai, e esposo, para alimentar o seu luxo, só pensando nos gozos da ostentação e de apaixonados cultos na terra, sem fé, sem religião, em moça era tentação infernal, velha havia de ser o desgosto de si própria degenerado em malvada ira contra todos, em vaidade condenada, em inveja corroída, em aborrecimento do mundo, e em ódio a todos elevado a expansões delirantes, capazes de transformar o lar doméstico em geena desesperadora.

Eu vi tudo isto, e ainda mais podia ver; porque longe ainda deviam estar os treze minutos que limitavam a visão do mal; podia e tinha mais que ver naquele coração desgraçado; mas não quis... tive horror de um ponto negro, que se ia esclarecer; tive horror... deixei cair a luneta, e amaldiçoando a inveja, e maldizendo da vaidade, fugi, correndo, precipitado para fora do terraço.

XIV

Na escada por onde me retirava para o seio do jardim quase que em impulso desastrado levei diante de mim um homem que também descia.

— Ah! senhor! exclamou ele voltando-se; não tem olhos ou vem doido?

— Perdão! respondi; exatamente não tenho olhos, porque sou míope, e venho doido, porque encontrei no terraço um demônio com aparências de querubim.

— Pois quem é míope deve trazer óculos, e quem anda às voltas com o diabo deve procurar antes o inferno do que o Passeio Público!

— Mano! disse uma voz dulcíssima; o senhor se desculpou tão cortesmente, que o favor da sua amabilidade exige antes agradecimento, do que insistência na lembrança de um acaso que não teve más consequências.

— Obrigado, minha senhora, tornei logo, fixando a luneta; eu já nem me arrependo da minha imprudente precipitação; pois que a ela devo o encanto do perdão dado por voz tão melodiosa.

Vi voltar-se para mim o lindo rosto de uma mulher que ostentava todo o esplendor da beleza na primavera dos anos; ela porém afrontou com tanta firmeza a fixidade da minha luneta, sorriu-se tão facilmente para mim, olhou-me com tão clara garridice, que antes de cinco minutos causava-me já tal desgosto que por castigo nem lhe descreverei as graças da figura.

Coitadinha! era uma menina, que talvez tivesse nascido com excelentes disposições, branda, condescendente, alegre, assim o devo supor, pois não creio que alguém nasça mau e pervertido; mas os pais entusiasmados pela beleza da filha, quiseram fazer dela singular maravilha, e a esqueceram cinco anos em um famoso colégio, cuja diretora, antiga florista de Paris, mudara de vocação com os enjoos da viagem transatlântica, e chegada ao Rio de Janeiro, anunciou prodígios de instrução e educação de meninas.

Nesse internato, onde as educandas de todas as idades se confundem e se acham em contato de dia e de noite com seus diversos costumes, com seus bons e maus instintos, com suas imaginações travessas, com suas malícias enfim, a pobre menina aprendeu demais o que devia ignorar, e quase nada o que precisava saber, e saiu do colégio, corando não por pudor virginal, mas por artifício de namoradeira, não conhecendo o valor de um beijo de seus lábios, nem o preço e a glória das virtudes, sem as quais a mulher se faz objeto de desprezo.

A leviandade do seu procedimento, a palavra desenvolta com que aturdia as amigas, a audácia com que se arriscava na sociedade, sacrificando todos os preceitos da prudência na liberdade exagerada que permitia a quantos lhe faziam a corte, que não era mais suficientemente respeitosa, autorizavam a maledicência que a feria com venenosas calúnias.

O aleive, a mentira a ultrajavam injustamente com suspeitas cruéis; não era calúnia, porém, a fama da sordícia do seu coração.

Quantos perigos, meu Deus, há nos colégios, e nos internatos de meninas!... quantas pobres inocências atiradas a prevaricações possíveis e fáceis! Ah! se eu tiver uma filha, hei de fazê-la instruir-se ao lado e aos olhos de sua mãe; e se então me achar em pobreza, e não puder pagar mestres, minha mulher e eu ensinaremos como pudermos, e o que pudermos à nossa filha, e em último caso ficará ela embora ignorante, mas não será exposta a ser desmoralizada.

Oh! minha luneta mágica! eu te agradeço esta lição, que me deste.

XV

E ainda com a proveitosa lição senti-me triste, profundamente triste.

Que dia infeliz! começou de manhã pelos procuradores que vi e que me causaram repugnância e tédio, e acaba à tarde com a contemplação de duas jovens formosas, que a princípio me pareceram dois anjos, e logo depois reconheci que eram duas criaturas condenadas, dois corações infeccionados, duas mulheres formosas, porém más, dois medonhos abismos cobertos de lindas flores.

Esta luneta é implacável e cruel: além da visão das aparências ainda não me concedeu uma contemplação suave.

Já aborreço os homens, e hoje principiei a desconfiar das mulheres.

Quero, preciso ter uma consolação, uma impressão felicitadora, que compense as tristes desilusões, por que tenho passado. Longe da minha luneta os homens e as mulheres! Prefiro olhar, apreciar algum ser impecável, obra de Deus, não contaminada pelas malícias, e pelos vícios da humanidade.

Aí estão as duas pirâmides, e defronte o outeiro dos jacarés... são trabalhos do homem, desprezo-os; lá se mostram as flores... algumas são venenosas, e os perfumes das mais inocentes em certas condições podem matar; também não quero as flores; a água deste lago pode conter miasmas... não me convém...

Oh! eis ali um beija-flor!... a mais delicada e gentil criatura! eu o estou vendo com suas penas de esmeraldas e rubins, de ouro e topázio, de púrpura e de fogo... eu o estou vendo com a sua mobilidade faceira, com os seus voos rápidos e graciosos, com o seu trêmulo adejar equilibrante no gozo puro do seu amor das flores...

Mas... que vejo ainda? que vejo agora?... ah! essa avezinha tão mimosa e tão linda é um monstro que me inspira aversão por seus instintos ferozes e qualidades perniciosas.

Egoísta, falso, incapaz de afeição durável, o perverso abusa dos seus encantos, e beija, profana e atraiçoa todas as flores, licencioso e infame, poluindo seus nectários e ostentando após a mais bárbara indiferença, a mais ostentosa e ilimitada inconstância.

O beija-flor é como a serpente pela extensibilidade da língua, e esta ainda nele se duplica, estendendo dois filetes, que lhe servem como as garras às aves de rapina.

Finalmente assassino e destruidor, ele mata e devora em cada dia dezenas e dezenas de insetos inocentes, fracos e incapazes de defender-se, ousando sem continência, nem respeito ir arrancá-los do mais doce asilo, do seio mimoso das flores!...

Hoje criei ódio aos beija-flores, passarinhos devassos, desmoralizados, traiçoeiros e malvados.

Flores da terra! acreditai na minha luneta mágica: tende medo dos beija-flores!

XVI

Esta última experiência afligiu-me profundamente.

Quê! Até nos seres irracionais, e entre eles na própria avezinha, mimo da criação, sorriso de anjo e raio de sol nascente tornados pelo criador em passarinho, no próprio beija-flor só me é dado encontrar maldades e perversão!!!

Sempre turvos e sinistros desenganos! sempre o mal neste mundo de peste e de misérias!... Este mundo será pois o inferno, ou pode o inferno ser pior que este mundo?...

Deixei o Passeio Público, maldizendo da vida, detestando o homem, a mulher, toda criação, pedindo a Deus a morte, como o indigente faminto pede pão, como a escrava que é mãe, e a quem a maldição do cativeiro ainda não deturpou e anulou a sensibilidade, deseja e pede a liberdade do filho.

Que noite de horror e desespero passei! Mas enfim a fadiga, o sofrimento do corpo que respondia às torturas morais da alma, venceram a contenção do espírito que procurava debalde imaginar consolações e lenitivo: ao romper da aurora adormeci.

Lembra-me que meu último sentimento na tormentosa vigília foi de desgosto da vida e de repugnância a toda a humanidade.

XVII

E como esses cinco últimos dias ainda mais trinta, um mês inteiro de desenganos e desilusões! Em casa o quadro constante de tríplice traição na companhia obrigada de meus três e únicos parentes; fora de casa a pronta descoberta da maldade e da perfídia de todos os homens e de todas as mulheres.

Vi, encontrei somente o mal em tudo, e em toda a parte, nos seres orgânicos e nos inorgânicos, nas obras das ciências e das artes, nos livros e nos monumentos.

Para escrever tudo quanto me mostrou a visão do mal me fora preciso encher com a pena molhada em fel muitos e volumosos livros, e atormentar a minha alma com o registro vivo das mais aflitivas observações.

Resumirei muito em breves palavras.

Eu tinha por amigos dois jovens da minha idade que moravam perto de nossa casa; a intimidade em que eu vivera com ambos nos tempos da minha miopia física e moral me fora sempre de grande consolação; mas a luneta mágica fez-me em breve conhecer o erro perigosíssimo dessas relações de tantos anos: um desses mancebos, o mais alegre, espirituoso e folgazão, era um homem imoral, desprezador das leis humanas, afrontador das leis de Deus, sem consciência, sem crenças, sem fé, tipo da sensualidade sem freio, besta que só cuidava em fartar-se nos pastos do mundo.

O outro que me agradava ainda mais, porque se mostrava sempre grave, pensador e comedido, era um calculista frio, sem escrúpulos na escolha dos meios para atingir ao fim que tinha em mira; o seu princípio moral consistia em salvar as aparências; furtaria a bolsa do amigo, se tivesse a certeza de o não verem furtar; venderia sentenças, se fosse juiz; estava cansado de esperar pela morte de um tio, de quem contava ser herdeiro; filho único, porém não legítimo, do pai houvera abastada fortuna, e esquecia a mãe ainda viva e abandonada na miséria e no desprezo.

Separei-me de homens tão indignos da minha amizade; mas por isso mesmo mais profundos se tornaram o deserto e a noite da minha vida, e a medonha solidão no meio da mais ruidosa e brilhante sociedade.

O que faz sofrer este estado lúgubre, terrível do espírito, ninguém sabe, ninguém faz ideia, só eu que o estou sofrendo.

XVIII

Um dia vi uma elegante e nobre senhora, que passava, deixar cair com angélico disfarce duas moedas de ouro na mão de um mísero leproso, que deitado no primeiro degrau da escada do átrio de uma igreja, esmolava tristemente; vi-a levar o lenço aos olhos para enxugar duas grossas lágrimas, que lhe sublimizavam as faces; segui a nobre senhora com a minha luneta fixada sobre ela: ah! o disfarce fora mentira, a caridade era ostentação; as duas lágrimas, duas pérolas falsas preparadas e expostas pelo artifício da hipocrisia; essa mulher casara rica, dominava o marido, gastava anualmente vinte contos de réis em vestidos e enfeites, economizando exageradamente em casa, negando ceia aos escravos, dando-lhes almoço e jantar muitas vezes insuficientes, e compensando a penúria da alimentação com frequência de castigos ferozes e de torturas repugnantes.

Em outro dia vi um padre de aspecto venerando; não arredava do chão os olhos, trajava com severa decência própria do seu ministério, levava na fronte o selo da austeridade de seus costumes, e na expressão suave de seus olhos, e de sua boca meio risonha a manifestação da sua piedade: eram olhos de conforto espiritual, e boca de perdão. Observei-o com a minha luneta por mais de três minutos: os olhos de conforto espiritual eram vulcões de concupiscência, a boca do perdão era a fonte de palavras santas no altar e no púlpito, mas de seduções vergonhosas fora do templo; esse padre tinha corrompido uma donzela, abandonando-a depois aos frenesis da prostituição; esse padre discutia previamente a espórtula das missas, fazia sacrilegamente do altar balcão de traficantes, brigava por uma vela de libra ou meia libra de cera, guerreava os outros padres na sacristia, não se lembrava mais da conta das missas que devia, e desonrava enfim o sacerdócio, ultrajando o Cristo com exemplos de desmoralização e de ganância pervertedores do rebanho católico.

Uma vez quis ler um artigo de uma gazeta diária que me haviam recomendado por muito importante e bem escrito. Com efeito logo no primeiro período achei ideias sãs e luminosas enunciadas com elegância e pureza; bem depressa porém, revoltei-me, descobrindo oculta na metafísica de um princípio a materialidade da ambição mais desenfreada, disfarçado em máximas de moral sublime o manejo intrigante do órgão de uma facção, nos protestos do amor da pátria a mentira do mais refalsado egoísmo, e na ostentação de franqueza e independência dissimulado o preço por que se alugara o escritor. Irritado, fiz em pedaços a gazeta maldita.

XIX

Em outra ocasião, passando pela Rua dos Barbonos, parei diante de uma casa consagrada ao mais piedoso e santo mister, e vi armado em sua parede aquele aparelho movediço que se chama — *roda dos enjeitados*[15].

Ora pois! disse a mim mesmo; aqui é impossível que eu descubra o mal; porque neste caso o mal está somente na mãe, ou na família cruel, que enjeita o recém-nascido; mas no seio que se abre para recebê-lo, salvá-lo, adotá-lo não pode estar senão o bem, a caridade, a santidade.

E fitei a minha luneta na roda por mais de três minutos: quem o diria?... a roda da piedade bem depressa pareceu-me antes protetora do vício e da desmoralização, do que providência salvadora de inocentes criancinhas condenadas; essa roda afigurou-se-me leito ruim de falsa caridade, porta do abandono, da perdição, talvez algumas vezes do cativeiro dos míseros enjeitados; li no berço dessa roda cem lúgubres histórias, e recuando espan-

15 *Roda dos enjeitados*: No Brasil colônia havia esse costume estranho. Quando uma família não queria o bebê, levava-o para um orfanato. Como os pais tivessem vergonha de rejeitar publicamente seus filhos, colocavam-nos na roda dos enjeitados. Essa roda ficava na parede da frente dos orfanatos. Dispunha de compartimentos onde eram colocadas as crianças. Quando a roda era virada, o enjeitado passava para o lado de dentro. Assim, ninguém ficava sabendo quem abandonava o recém-nascido. (N.E.)

tado, preferi a miopia à visão do mal, e cheguei a pensar que para muitos dos enjeitados e para a sociedade fora melhor a sepultura, do que a roda.

E retirei-me, meditando, refletindo sobre o que acabava de ver.

Fique de parte a questão moral, social da conveniência de tais estabelecimentos de caridade.

Que faz a roda ao enjeitado? Se pode, livra-o da morte; mas depois condena-lhe a vida: era talvez preferível deixá-lo morrer.

Ser ou não ser: se a instituição é de caridade, seja-o plenamente, não se desnature, recorrendo a meios que em regra geral são fatais aos enjeitados; se não pode sê-lo plenamente, não cumpre o seu fim.

Que faz a roda? Recebe o enjeitado, e depois enjeita-o por sua vez. A verdadeira caridade não enjeitava.

A roda que faz? Dá os enjeitados a criar, a quem os vem pedir e os leva a dez, a vinte, a cinquenta e mais léguas de distância, e fica muito contente de si, porque paga a criação do enjeitado por dois terços menos, do que de ordinário custa o aluguel de uma ama.

E por esse preço insuficientíssimo criar enjeitados é negócio que se explora!

Que fortuna espera ao enjeitado que a roda assim por sua vez enjeita? Faz tremer pensá-lo.

O mísero inocente é feliz, se acha seios de mulher em que se aleite, e fica apenas analfabeto e sem educação; a sociedade é que não pode esperar ser felicitada por semelhante enjeitado de roda.

E o que não é feliz desse modo tão infeliz?...

E o enjeitado que fica reduzido a escravo da família que o foi pedir?... e o enjeitado que morre à míngua longe da roda que o enjeitou, e que paga sua criação muitos meses além da afortunada morte do mísero condenado?

E o enjeitado de cor preta, ou de cor menos branca, que tão facilmente substitui o escravo que morre, e que toma dele o nome para ser vendido pela perversidade de algum infame dentre os negociantes de criação de enjeitados?

Esta última ideia, a suspeita da possibilidade... talvez da realidade de tão grande crime penetraram no meu espírito, como punhais ervados que me rasgassem o coração.

Tudo pois que eu via no mundo era maléfico, pavoroso, medonho!

A minha vida se tornava mais que pesada, insuportável fardo. Não havia para mim na terra nem consolação, nem luz de esperança; se me tivesse faltado a profunda fé em Deus, e a educação católica, o meu recurso teria sido o suicídio; porque a visão do mal me levara ao desespero.

Compreendi bem o horrível suplício da minha vida.

Em três parentes que eu possuía no mundo descobri três ignóbeis exploradores da minha fortuna e do meu infortúnio.

Em dois amigos quase da infância achei dois miseráveis sem moral, nem consciência.

Fiquei sem as santas prisões da família e sem a doce confiança da amizade.

Quis tomar conta dos meus bens e criar para mim uma família, e empenhei-me em acertar com um bom procurador, e com uma donzela digna de ser minha noiva, e todos os procuradores que estudei, eram homens repulsivos e alicantineiros, e todas as donzelas que observei, me inspiravam repugnância, pelas suas ruins qualidades morais, e gravíssimos defeitos.

Para qualquer lado que me voltei, fitando a minha luneta, vi somente sob falsas aparências corações corrompidos pelos vícios, ou enegrecidos pelo crime.

Não houve uma exceção!... todos os homens hediondos, todas as mulheres ainda piores que os homens! O mundo pareceu-me povoado por demônios de ambos os sexos; porque fora absurdo acreditar que somente na cidade do Rio de Janeiro, toda a população nacional e estrangeira fosse má e estivesse pervertida.

Descobri no sol fontes de terríveis calamidades, no beija-flor uma criatura malvada; na imprensa uma instituição condenável, em estabelecimentos de caridade lições e práticas de desumanidade.

Descri do advogado, do padre, do sábio, do artista, de todos e de tudo!

Achei-me na terra sem um parente amado, sem um parente possível, sem uma noiva possível, sem sociedade possível...

Em todos vi o mal; porque em breve desconfiei mesmo daqueles que não estudara por mais de três minutos com a luneta mágica.

A visão do mal me causava já certa espécie de terror; um dia lembrou-me fitar a luneta no prato que acabavam de servir-me ao jantar; mas estremeci, e não a fitei, receoso de encontrar veneno; que me importava ser envenenado?... era melhor não ver.

Foi assim que passei mais outro mês que se arrastou como um século. Que viver de torturas!

Tende piedade de mim, meu Deus! Tirai-me deste mundo, onde eu vivo só, absolutamente só em solidão infernal, ou com um único, inseparável, amaldiçoado, mas implacável e sinistro companheiro, com o mal que eu vejo em tudo, em todos, em toda a parte.

XXI

O armênio tinha razão: a visão do mal é um poder fatalíssimo, uma faculdade que aniquila a paz, o sossego, as afeições, a vida do desgraçado que tem esse poder; mas agora é tarde! é muito tarde; precipitei-me em escarpado precipício, e é inevitável que eu vá morrer no fundo do abismo.

Pode-se viver sem crenças, sem a mais tênue esperança, sem o mais dúbio raiozinho de confiança em algum homem, em alguma mulher... pode-se; porque é assim que estou vivendo.

XXII

Recebi hoje uma carta do Reis, a quem não tornarei a chamar meu amigo; pois não me é possível ser amigo de homem algum.

Eu não tinha voltado à casa do Reis nem para cumprir o dever de cortesia, indo render-lhe agradecimentos, e também ao armênio pelo favor da luneta mágica.

Não voltei e não volto lá: detesto o armênio e desconfio do Reis; o melhor sinal de imerecida gratidão que a ambos posso e devo dar, é esquecê-los, é não ir lá fitar por mais de três minutos sobre eles a luneta que me deram: o armênio é concentrado e rude; o Reis é expansivo e obsequiador; quem sabe o que a minha luneta me mostraria no íntimo de qualquer deles?...

Devem ficar-me muito agradecidos por não ir vê-los: detesto o armênio, desconfio do Reis; não quero relações com eles.

Mas a carta do Reis deu-me que pensar; ei-la aqui *ipsis verbis*[16]:

"Rio de Janeiro, 1º de abril de 1868: Ilmo. Sr.: Não mereci a graça de uma visita de V. Sª depois da noite da operação cabalística do armênio, e apenas desde anteontem comecei a ter singulares notícias da sua luneta mágica; mas de modo que sou obrigado a pedir a V. Sª o favor de explicações que me são indispensáveis.

"Há dois dias que o meu armazém é procurado por numerosos fregueses e desconhecidos que se empenham por obter esclarecimentos relativos à luneta mágica. Muitos zombam do caso, atribuem maravilhas inconvenientes que se contam à exaltação perigosa da imaginação de V. Sª; exigem porém informações sobre o armênio e sobre a operação cabalística, de que têm notícia não sei por quem.

16 *Ipsis verbis*: Com as mesmas palavras. Simplício usa essa expressão latina para dizer que vai transcrever as mesmas palavras da carta original. (N.E.)

"Outros, e infelizmente não são poucos, pretendem que com a luneta mágica tem V. Sª. a faculdade de ver os corações e as consciências de quantos observa por mais de três minutos, descortinando assim segredos, vícios que se escondem, erros que se ocultam e más qualidades que se dissimulam, protestando todos contra o perigo social que pode resultar de tão fatal e assombroso poder de encantamento.

"Alguns enfim incômodos e teimosos querem por força que eu lhes venda lunetas iguais à sua, e perseguem-me com instâncias que me perturbam o sossego.

"O maldito armênio diz que está pronto a encantar lunetas, sem dúvida com intenção maléfica; eu porém não consinto que ele apareça no armazém.

"V.Sª. compreende que tenho urgente necessidade de saber tudo quanto há e se tem passado em relação à sua luneta mágica.

"Devo aos meus fregueses e ao público em geral explicações sem reservas, transparência sem a mais leve sombra em tudo quanto se prepara e se faz, se imita, se aperfeiçoa, se inventa e se realiza nas minhas oficinas, e de quanto se vende no meu armazém ou dele sai; no cumprimento deste dever há para mim escrúpulo e honra; peço pois a V. Sª. que me habilite para dar esclarecimentos e informações às pessoas que incessantemente me estão procurando, e inquirindo sobre esse importante assunto. Sou etc. Reis."

XXIII

A carta não me foi agradável; refleti por algum tempo e resolvi não responder ao Reis; a falta de resposta era inqualificável grosseria; eu porém já tinha em tão profundo desprezo e aborrecimento os homens, que pouco ou nada me preocupava a ideia de ofender o Reis. Decidi-me a fazer de conta que não recebera a carta.

Mas quem poderia ter atraiçoado o meu segredo? Tornado patente a minha faculdade da visão do mal?... Só três homens:

O armênio, de cuja ciência mágica se duvidava, e cujo testemunho era portanto suspeito, e para quase todos seria ridículo.

O Reis que me escrevia, interrogando-me, e que por consequência nada sabia, visto que perguntava.

O velho Nunes que assistira à cena dos trabalhos mágicos do armênio, e a quem no dia seguinte eu confiara imprudente, louca e desastradamente o segredo do poder miraculoso da minha luneta mágica.

Portanto, o traidor, o propalador do segredo fora o velho Nunes, o procurador imoral e refalsado, de quem eu fugira, e a cujo convite para jantar no seio de sua família faltara sem escusas ulteriores, nem satisfações.

O velho trapaceiro e ignóbil procurava pois vingar-se do meu desprezo, denunciando a todos, publicando a força prodigiosa da luneta que eu possuía.

Vingança estéril, vã, estúpida! Que me importa o juízo dos homens? Que me importa o mundo?

Mundo, homens, velho Nunes e minha própria vida eu embrulho todos e tudo isso nos trapos ascosos do meu mais profundo desprezo.

Não dei a menor importância à revelação traidora, mal-intencionada do velho Nunes; pensei que ainda quando ela pudesse trazer-me desgosto e porventura colocar-me em circunstâncias embaraçosas e desagradáveis, nem por isso chegaria a tornar-me mais desgraçado do que eu já era.

Atirei com a carta do Reis sobre a mesa, tomei o chapéu e saí a passear para desforrar-me de três dias de misantropa reclusão, a que me condenara.

Eu levava comigo o suplício da visão do mal, e não pudera imaginar que ainda outro suplício e igualmente horrível por ela me estivesse esperando no mundo em que vivia.

Saí, como disse, e avançara apenas alguns passos, quando reparei que muitas pessoas fugiam de encontrar-me, que outras voltavam-me as costas, que as senhoras se retiravam apressadas das janelas.

A princípio não pude explicar o fenômeno; logo depois, porém, lembrou-me a insidiosa revelação do velho Nunes, e compreendi que me fugiam por medo da minha luneta mágica.

— Fogem, disse rindo-me; fogem, porque lhes doem as consciências e se reconhecem todos hipócritas e maus.

Era a primeira vez que me ria desde dois meses; o meu riso; porém, era cheio de fel, era o rir de maldição irônica lançado em face à humanidade-demônio.

Era quase noite; cheguei à Praça da Constituição, e entrei no jardim que estava cheio de povo.

De súbito ouvi surdo e longo ruído de centenas de vozes, semelhante ao trovejar longínquo da tempestade afastada; que me importava isso?... Continuei o meu passeio pelas ruas do jardim, mas antes de três minutos a Praça achou-se deserta, e no jardim apenas a estátua equestre e eu!...

— Que gente! exclamei sem poder conter-me: não há um homem, não há uma mulher que ouse afrontar a luneta mágica.

Veio-me o desejo de olhar e estudar a estátua equestre; imediatamente porém senti tanta repugnância ao desengano provável das ideias e sentimentos que eu acreditava ou antes acreditara presidindo e dirigindo o acontecimento majestoso e patriótico que esse belo monumento comemora, e atesta com sublime ufania, que cedendo a generoso impulso, não quis contemplá-lo, e deixando o jardim, dirigi-me ao café vizinho, à muito conhecida casa do Braga.

Entrei, sentei-me a uma das primeiras mesas, e pedi uma xícara de café.

A sala estava atopetada de fregueses; mas apenas entrei, e tomei um lugar, despovoou-se de improviso, e um servente rude e mal-educado veio de mau modo dizer-me que não havia mais café, e que a casa dispensava a minha freguesia, e muito me agradeceria, se eu não tornasse a aparecer ali.

Desta despedida formal a uma expulsão à viva força a distância era pequena e quase nula, era a intimação antes da violência; eu tinha por mim o meu direito incontestável de ser servido, pagando o que se garantia ao gozo público; a luta, a contenda porém não me podia convir; traguei o insulto, e saí sem responder a uma única palavra ao caixeiro selvagem.

Andei às tontas, sem destino e sem norte pelas ruas; às oito horas da noite dirigi-me a um dos nossos teatros, pouco importa saber qual, comprei um bilhete, e fui tomar a minha cadeira.

Mal acabava de sentar-me, ouvi dizer perto de mim: é "ele!".

A essa voz que soara em tom baixo, seguiram-se outras que repetiram com ecos surdos: "é ele!".

Dentro em pouco o sussurro transformou-se em ruído, o ruído em desordem: as senhoras que estavam nos camarotes recuaram os seus bancos até não poderem ser vistas, espectadores das cadeiras e da plateia levantaram-se ao mesmo tempo como um só homem, e geral gritaria de "fora! fora! fora!" ribombou estrepitosa, insistente, ameaçadora no teatro.

Um porteiro veio humildemente pedir-me que me retirasse, oferecendo-me com estúpida e revoltante aparência de benignidade a vil quantia, por que eu pagara o meu bilhete; resisti e furioso disse uma injúria ao mísero porteiro.

Mas a gritaria tempestuosa continuava; insultos desabridos, ameaças ferozes chegaram a meus ouvidos; a polícia interveio debalde em meu favor; a pateada violenta ameaçava degenerar em motim. No maior fervor da borrasca recebi da autoridade policial não uma ordem, porém um pedido para retirar-me do teatro, do qual então imediatamente saí vexadíssimo, ardendo em cólera, ferido pela reprovação de todos, e ao som dos aplausos escarnecedores, com que era festejada a minha vergonhosa retirada.

XXIV

Nos dois seguintes dias teimei em aparecer ao público e experimentei iguais testemunhos de geral condenação.

Nas ruas e praças fui cem vezes apupado.

Na tarde de um desses dias tentei ir passear a Niterói; mas a minha entrada na ponte da companhia Ferry, produziu um movimento ameaçador entre os passageiros, e eu tive logo de sair da ponte ao ouvir algumas vozes sinistras que repetiam: "deitá-lo-emos ao mar!"

Em um hotel negaram-se a dar-me o jantar que pedi.

O cocheiro de um carro da praça não quis acudir ao meu chamado.

E ninguém mais fugia de mim, porque todos me espantavam com ameaças.

No terceiro dia fiquei encerrado em casa; mas à noite fui a um aparatoso baile, para o qual estava desde algumas semanas convidado.

Era uma brilhante festa dada em aplauso e honra de um casamento com ardor desejado, e com júbilo abençoado pelas famílias dos noivos.

Apenas apareci foi extraordinária a agitação que se sentiu na sala cheia de convidados, as senhoras encheram-se de terror, e cobriram os rostos com os leques e os lenços, a noiva esteve a ponto de desmaiar; os homens deixaram-me perceber pragas que a cortesia, e o respeito à sociedade onde estavam, abafavam; o dono da casa três vezes encaminhou-se para mim e outras tantas recuou confuso e com evidentes sinais de contrariedade; eu o compreendi, e poupando-lhe o amargor de uma despedida formal, fiz o que me cumpria: fugi desesperado, chorando de raiva, e cada vez mais convencido da malvadeza de toda a humanidade.

XXV

Que noite de cruel vigília, ainda mais cruel do que tantas outras, cujos horrores já havia provado!

Eis-me pois ainda mil vezes mais desgraçado do que dantes!

Não creio em homem algum, em mulher alguma: sou a descrença viva, ceticismo animado.

Desconfio de todos.

Aborreço a vida, mas sendo obrigado a viver, como vai correr a minha vida?

Um por um todos se arreceiam de mim, e todos me detestam.

Em toda parte sou por todos enxotado, de toda parte repelido.

Ninguém me quer ver; quando apareço, ninguém me tolera.

Tocou-me a lepra moral.

Eu sou como a peste, pois todos fogem de mim; sou pior que a peste, sou como um cão hidrófobo que se persegue, e cuja morte se deseja!

Oh, meu Deus! meu Deus! Eu sou católico e é somente por isso que não me mato; mas se alguma vez o suicídio pudesse merecer o perdão, a vez do perdão do suicídio era esta.

Meu Deus! eu pequei, confiando na magia, entregando-me a um pérfido mágico, aceitando para meus olhos o socorro do demônio!

Perdão, meu Deus!
Oh!... como é bom não ver!!!

XXVI

Não sei, não posso dizer quantas vezes nessa noite, furioso, lancei mão da luneta mágica para quebrá-la; mas, com vergonha o confesso, nunca tive ânimo bastante para realizar o meu pensamento.

Não dormi um instante, chorei quase toda a noite, e quando não chorei, revolvi-me, debati-me no leito em agitação violenta, e devorado por abrasadora sede.

XXVII

Na manhã seguinte eu tinha os olhos inchados, a cabeça atordoada, e o rosto inflamado; senti-me doente; mas não quis anunciar o meu estado.

Às dez horas introduziram no meu quarto o Sr. A..., o dono da casa, donde eu fora expelido na noite antecedente.

Recebi-o sem ressentimento.

— Está doente? perguntou-me.

— Um pouco; sofri muito esta noite.

— Eu o previ, meu amigo, e por isso me apressei a vir dar-lhe explicações, que reputo indispensáveis até para o bem do seu futuro.

— Agradeço a sua bondade; eu porém sei tudo e sei demais.

— Que sabe, pois?

— Que um miserável, o muito conhecido velho Nunes, fez espalhar a notícia de que eu possuo uma luneta mágica, pela qual chego à visão do mal, e descubro todos os segredos e todas as maldades e vícios que se escondem e se dissimulam; e que o medo que causa a minha luneta faz com que se levantem contra mim todos os homens, porque com efeito todos são perversos e temem que sejam conhecidas suas perversidades.

— E então...

— Então desde que se espalhou tal notícia eu tenho sido apupado, insultado, repelido por toda parte, onde apareço. Não é isto?

— Não é tudo, como lhe parece.

— Explique-se.

— Não se ofenderá se eu lhe disser toda a verdade?

— Não: diga tudo.

— Meu amigo; a população da nossa capital é muito civilizada, e não acredita no poder da sua luneta mágica.

— Neste caso por que me fogem?... Por que me apupam?... Por que me temem?

— Aqueles que o têm perseguido com apupadas e os que fogem tremendo da sua luneta dividem-se em duas classes, uma a que pertencem todos os crédulos e pobres de espírito, que ainda prestam fé a feiticeiros e artes mágicas: há dessa gente em todas as capitais; a outra é a dos garotos que ousam rir e zombar de infortúnios e males a que todos estamos sujeitos.

— Que quer dizer?

— Quanto aos mais eu vou dizer-lhe o que há, e arme-se de coragem para ouvir-me.

— Nada mais me pode admirar, e menos assustar neste mundo.

— O velho Nunes, que se proclama seu amigo e íntimo confidente, foi com efeito o propalador das notícias que correm; e sabe o que se pensa? O que todos acreditam?

— Diga.

— Que o senhor, tendo imaginação ardentíssima e fraquíssima razão, foi arrastado por um pérfido e malvado armênio até deixar-se dominar pela mais inacreditável mania; que por isso o senhor imagina ver o que não vê, o que não é real; supõe, julga infalível a visão extraordinária da sua luneta, e nas confidências de alguns amigos, que aliás abusam da sua credulidade enferma, descreve os corpos, e expõe íntimos das consciências de quantas senhoras, e de quantos homens fita com a sua luneta.

— Mentira e verdade! corpos não, é falso; minha luneta é honestíssima; almas sim, minha luneta as patenteia plenamente, e eu tenho visto em todos hediondas maldades.

— Não discutamos agora esse pretendido poder da sua luneta. O que é certo é que o simples receio de que o senhor, acreditando que vê realmente o que apenas molestamente imagina, e que descreve em confidências de amigos quadros físicos, defeitos e virtudes, em que ninguém crê; mas que em todo caso ridiculizam não pouco as vítimas da sua luneta, faz com que todos o evitem, todos o queiram longe, todos temam somente o ridículo que provém do que chamam sua mania.

— Mania!!! que o seja embora; mas eu juro que não tenho um só amigo, que não tenho confidentes: isso é calúnia.

— Cumpria-me dar-lhe estas explicações, meu amigo. Fique certo de que não há homem, nem senhora de juízo que dê importância e que tema a sua luneta mágica; mas das suas falsas apreciações, e dos sonhos extravagantes, mas não recatados, não ocultos da sua imaginação, resulta o ridículo, de que todos querem escapar.

— Entendo-o perfeitamente.

O Sr. A... disse-me ainda algumas palavras consoladoras; convidou--me a tratar da minha saúde alterada pelo excesso de imaginação e fraqueza do espírito, e deixou-me enfim.

XXVIII

E esta!

Por consequência estou definitivamente declarado doido pela opinião pública que é a rainha do mundo, e cujos decretos não têm apelação.

A humanidade perversa e infame engenhou o mais seguro dos meios para livrar-se de mim: não há recurso contra ela.

Todos os homens, todas as mulheres cientes do meu poder, todos, e com eles e elas todos os médicos, autoridades declaradas e decretadas na matéria dizem — que estou doido!

Não há, não pode haver uma só voz que proteste contra a sentença; porque a todos eles e a todas elas convém que eu seja reconhecido — doido.

Há só uma voz que pode e há de protestar, é a minha, a voz suspeita, a voz do doido.

Por consequência estou — doido!!!

E amanhã, ou hoje mesmo, talvez daqui a uma hora, quatro ou seis policiais, quatro ou seis urbanos virão agarrar-me, e hão de conduzir-me ao hospício da Praia Vermelha!...

E meu irmão se mostrará compungido, e a prima Anica fingirá chorar, e a tia Domingas rezará por mim nos seus rosários!!!

E rir-se-ão todos de mim!... e me chamarão o — doido!

Meu Deus! estarei eu realmente doido?...

Ninguém compreende os tormentos que sofri com esta nova perseguição da perversidade dos homens, com esta ideia da — loucura — que começou a agitar-me.

O atordoamento da minha cabeça aumentou, a febre devorou-me com milhões de línguas de fogo e eu bradei em alta voz:

— Água! água! quem me dá água?...

XXIX

Lembra-me que vi entrar o mano Américo, a tia Domingas, a prima Anica, e meia hora depois o médico da família.

Lembra-me que eu quis falar e não pude, porque faltou-me a voz; lembra-me que procurei saltar fora do leito e não pude; porque me seguraram.

Lembra-me que instintivamente cerrei a minha luneta na mão direita, e que não houve esforço humano que pudesse conseguir abrir-me a mão, até que o médico, chegando nessa conjuntura, proibiu severamente o emprego de tal violência.

Lembra-me que a prima Anica perguntou:

— Ele está mesmo doido, senhor doutor?

E que o médico respondeu:

— Veremos.

Sábia resposta que não resolvia a questão.

Lembra-me que o doutor sangrou-me copiosamente no braço esquerdo.

Vi tudo isso sem poder dizer que estava vendo.

Depois saíram todos, deixando ao pé do meu leito dois escravos possantes para, em caso de necessidade, conter o doido.

Creio que dormi; quanto tempo não sei, talvez mais de vinte e quatro horas.

Quando acordei, senti penetrante dor na mão direita: eram os meus dedos que pregados na parte superior da palma da mão defendiam a luneta mágica; abri os dedos, levantei-os a custo.

Quis ensaiar a voz e disse:

— Água!

Deram-me água, que bebi com ardor febril.

Descansando outra vez a cabeça no travesseiro, tornei a cerrar os olhos, com a consciência de me achar completamente acordado e refletidamente determinado a fingir que dormia.

O meu coração palpitava normal, eu não sentia mais nem atordoamento de cabeça, nem calor, nem sede; estava pois muito melhor, estava apenas um pouco abatido.

Ordenei minhas ideias, recordei quanto se havia passado, e tirei de tudo duas principais conclusões; primeira: que havia geral conspiração para que eu fosse declarado doido; segunda: que eu me achava no perfeito gozo das minhas faculdades intelectuais.

E a melhor prova que a mim próprio dei da segurança do meu juízo, foi a resolução que tomei de proceder com prudência e cautela, submetendo-me sem resistência, nem oposição ao médico e aos meus três parentes, e simulando-me ainda doente.

Havia porém uma condescendência, a que de modo algum me prestaria: era a entrega da minha luneta mágica, que em vão tinham já procurado arrancar-me; e para poupar-me a maiores lutas, tirei sutilmente o cordão que a fazia pender do meu pescoço, e atei-o a uma das minhas pernas. Era um recurso fraquíssimo, mas o único de que lembrei na situação em que me via com duas sentinelas dentro do quarto.

Calculei que para salvar as aparências de caridade, ao menos durante alguns dias, não empregariam violências materiais contra mim no empenho de descobrir e tomar-me a luneta.

É assim a natureza humana: na minha última noite de tormentosa vigília, tive horror da luneta mágica e até por vezes o pensamento de quebrá--la, e agora a fúria dos meus inimigos que a todo transe queriam privar-me do poderoso meio que me assegura a visão do mal, centuplica em meu capricho o valor desse tesouro, que eu só e nenhum outro homem talvez possui no mundo.

O homem é assim; menino mais ou menos malcriado toda sua vida.

O espírito de oposição, o prazer de contrariar os outros começam no berço e só acabam, quando chega a morte.

Se quiserem que algum homem grite: — "não!", ordenem-lhe que balbucie: — "sim".

XXX

Asseveram que estou doido, e eu me sinto no pleno e perfeito gozo de minhas faculdades mentais.

Mas de que me aproveita a consciência do meu estado, a certeza de que estou em meu juízo, se o mano Américo, a tia Domingas, a prima Anica, e toda a população do Rio de Janeiro me declaram doido?

A opinião pública que dizem ser a rainha do mundo decretou que me acho vítima de alienação mental.

Vítima concordo que eu esteja sendo; mas alienado?... Protesto.

Doido por quê?... Porque tenho o privilégio de descobrir o mal que se dissimula; e porque não há máscara de hipocrisia, que resista à minha luneta mágica!

Doido!...

Ah! quantos homens de juízo não andarão por aí declarados doidos somente para que os golpes certeiros de suas palavras terríveis percam a força, com que devem ferir e despedaçar a imoralidade, os vícios ignóbeis e até os crimes de grandes figurões?...

Eu não creio, não posso mais acreditar na bondade ou na virtude de homem algum; todos são mais ou menos ruins, falsos, e indignos; há porém alguns que sem dúvida com o fim de ser mais nocivos aos outros, e para produzir maior dano, têm o merecimento de dizer a verdade nua e crua, e chamar as coisas pelos seus nomes próprios, tornando-se verdadeiros e francos certamente ainda por maldade.

Pois bem: esses perigosos faladores são em breve denunciados ao público sempre enganado, como — doidos.

Conversem um pouco e em voz baixa com a nossa capital, e hão de reconhecer os fundamentos desta observação.

Um exemplo: um desses homens de palavra solta e descomedida declara sem cerimônia e declinando nomes que tal e tal sujeitos que chegaram a titulares e são considerados, lisonjeados e adulados pela sua riqueza nas mais elegantes sociedades, mereciam antes estar na casa de correção por terem enriquecido com abusos escandalosos e crimes, de que ele faz a história. — É doido.

Outro exemplo: um jornalista que escreve sem luvas de seda, chama na imprensa ao ministro que dilapida, dilapidador; ao funcionário ou administrador que rouba, ladrão; e assim por diante sem limar o verso para que não fira. Que doido!

Terceiro exemplo: um desastrado falador diz a um pai cego e doido pelos filhos: — "os seus filhos são vadios e procedem indignamente"; —a um esposo de quem é amigo: — "a vida repreensível que vives, a depravação de teus costumes não só te nodoam, como talvez preparem a vergonha da tua casa... não desesperes tua pobre mulher: corrige-te". É doido, absolutamente doido.

E esses e outros semelhantes são doidos, e eu também estou doido; por quê?...

Porque na sociedade a maior prova, o mais seguro sintoma de loucura é dizer a verdade sem rebuço, mesmo quando a verdade pode ser desagradável ou ofensiva.

XXXI

E em certos casos de que vale a consciência ao homem contra a guerra teimosa e perversa dos outros homens?...

Nem *Hércules*[17] contra dois; que poderá um contra todos?...

Aqui estou eu certíssimo de me achar em meu perfeito juízo e com sérias apreensões de ver-me obrigado a endoidecer em breve.

Os meus parentes, os meus conhecidos, e todos creem ou fingem crer, e dizem, proclamam, gritam por toda parte que estou doido.

17 *Hércules*: O autor faz referência ao herói da mitologia romana (entre os gregos, Héracles), símbolo da força. Hércules era filho de Júpiter (entre os gregos, Zeus), o chefe dos deuses, e de Alcmena. Por ordem de Euristeu, a quem devia obedecer, ele executou doze tarefas dificílimas. Isso lhe deu muita fama. (N.E.)

Há situação mais horrível e ameaçadora?...

Considere-se cada qual no meu caso.

Em casa apenas levantado da cama, e durante o dia todo a família, os parentes com hipócritas aparências de compaixão a repetirem mil vezes: — "coitado! está doido..."

Os falsos amigos em suas visitas dizerem-me: — "trate-se! creia que a sua cabeça não está boa..."

Na rua, no passeio, no teatro, em toda parte uns a rir e a gritar: — "está doido!"; outros com voz lastimosa a murmurar: — "pobre moço! está doido".

Durante a noite guardas possantes velando no quarto do doido.

E oito, quinze dias seguidos, um mês, família, amigos, conhecidos, desconhecidos, toda a população de uma cidade a repetir de hora em hora, de minuto a minuto, incessantemente: — "está doido! está doido!"

Quem seria, quem é capaz de resistir a semelhante impulso violento para a loucura?...

De que vale em tais casos a própria consciência contra esse acordo geral que a condena?...

O homem mais forte cede exasperado à convicção de todos, e em breve prazo começa a duvidar de si...

E desde que começa a duvidar de si, começa a enlouquecer...

Oh! é horrivel!... é um martírio que os algozes mais ferozes nunca imaginaram!

Mas eu hei de reagir!

Zombarei da fúria desses monstros que se chamam homens. Sinto-me grande, porque sou um a assoberbar a todos.

E para assoberbá-los é condição indispensável sofrer com frieza, resignação, e sem desesperar: saberei fazê-lo; e além da frieza e da resignação no sofrimento, é também essencial o mais profundo desprezo da humanidade.

Oh! é impossível que eu a despreze mais!

XXXII

Era dia, e eu estava já cansado de refletir e de esperar.

Fraco, abatido e apreensivo, uma prolongada e grave meditação podia ter consequências funestas para mim; tive medo da exaltação do meu espírito; mas para dominá-la, para arrancar-me a ela, eu precisava de uma distração poderosa.

Mas de que modo entreter-me, distrair-me no triste encerro do meu sótão; deitado no meu leito, e com guardas a dois passos?...

De que me havia de lembrar?... da minha luneta mágica; foi uma lembrança muito natural.

Tanto tempo já tinha passado sem que eu gozasse o poder miraculoso desse tão perseguido vidrinho ótico!

Não pude conter-me; a que risco me expunha?... Os meus guardas eram escravos da família e habituados a respeitar-me; eu estava certo de que eles não ousariam vir lutar comigo para me tirar com violência a luneta mágica.

Não hesitei.

Com o maior cuidado e sossego desatei a luneta mágica, que pouco antes atara prudentemente a uma de minhas pernas, e deitado, como estava, não tendo objeto de escolha ou de preferência em que a fitasse, fitei-a indiferentemente no teto da casa.

O sótão, onde eu tinha o meu aposento, era cômodo, porém muito modesto, conforme as regras de humildade da tia Domingas; o teto era de telha-vã, e a casa já contava de existência meia dúzia de lustros.

O que a minha luneta me mostrou foi uma multidão de insetos muito comuns, e demasiadamente conhecidos de todos nós para que eu me ocupe em fazer a sua descrição, segundo os apreciei durante os três minutos da visão das aparências.

Chegada porém a visão do mal que imensa coorte de demônios! Quanta maldade em corpos tão pequenos!

XXXIII

Vi um grilo.

Em sua natureza maléfica o perverso diabrete sentindo-se incapaz de produzir maior dano, roçando uma contra a outra base de seus élitros produz o que lhe chamam canto, e que é um dos pequenos tormentos da humanidade.

Não julgueis que é insignificante o malefício; perturba o sono, gasta a paciência, arranha os ouvidos, ofende os nervos e impede o sossego.

O grilo com o seu canto desagradável, teimoso, e importuno, é o tipo desses homens cruéis, estafadores da cortesia alheia, que muitas vezes tomam conta de uma pobre vítima que tem em que se ocupar, e horas inteiras a martirizam com interminável maçada.

Felizmente para mim os grilos são mais frequentes nas assembleias legislativas, do que no meu sótão.

XXXIV

Ao pé do grilo um seu irmão pela família; vi um gafanhoto: outro malvado e ainda muito pior; é flagelo em vida, e o tem sido depois de morto.

Vivo, o gafanhoto é o inimigo do jardim, do pomar e da lavoura; dotado de infernal gula devora flores e folhas, ervas e searas; pelo seu peso parece desprezível, e todavia quando invade em multidão incalculável, quando é praga que ataca, ao seu peso estalam árvores que derribadas caem.

Morto, o gafanhoto é em certas circunstâncias muito pior e nisso tem por igual o seu irmão grilo. Dado o caso de emigração ou de praga de gafanhotos e de grilos, se uma súbita mudança atmosférica, alguma tempestade dá cabo deles, a consequente putrefação da imensidade desses malvadinhos determina a peste que povoa os cemitérios.

Os grilos e os gafanhotos não são melhores que os homens.

XXXV

Vi uma pulga. A perversa estava cheia de sangue, talvez meu, com que se havia regalado, e atenta descansava em suas grandes patas posteriores pronta a dar o salto de ataque ou de retirada.

A pulga é a parasita sanguinária que vive à custa de muitos quadrúpedes e que não pouco persegue o homem.

Vive de beber sangue a atroz, e frequentemente agrava a atrocidade, ultrajando o decoro com perseguição revoltante. Inimiga declarada do homem e da senhora, ousa devassar o leito da honestidade e do recato, morder sem piedade a menina, a donzela, a esposa, a matrona, que temerosas dão-se a mil cuidados e diligências para descobrir e apanhar a incômoda sanguinária antes de se deitarem.

No teatro a pulga não falta, no baile também salteia, e assalta, embora menos frequente; às vezes vemos no teatro ou no baile uma elegante senhora, que parece preocupada, que indicia no rosto, e em leves movimentos contrafeitos achar-se de mau humor ou indisposta; debalde lhe perguntamos se sofre, ou se alguma coisa lhe falta: ela o não confessa; é porém uma pulga insolente, que aferrada entre os dois *níveos pomos*[18], ou abaixo de algum deles lhe sorve o sangue com atrito cruel.

A pulga é um demônio que faz inveja a muita gente sem generosidade.

---

[18] *Níveos pomos*: É uma metáfora usada para falar dos seios femininos, brancos e arredondados. (N.E.)

XXXVI

Vi um mosquito: outro monstro sanguinário dez vezes mais bárbaro que a pulga; porque a pulga farta-se do sangue em silêncio, e não zomba das vítimas, e o mosquito, à semelhança dos selvagens e dos bárbaros que dançavam festivos em roda dos cadáveres de suas vítimas, o mosquito, digo, bebe sangue ao som da música, ou antes e depois de bebê-lo em nossos corpos, canta enfadonho, insuportável, desatinador, insistente como o grilo.

A natureza, que se me afigura mãe, fonte exclusiva do mal, auxiliou a perversidade do mosquito, dando-lhe, em facetas imperceptíveis e inumeráveis, imperceptíveis e inumeráveis olhos, com os quais o mosquito vê perfeitamente para diante e para trás, para a direita e para a esquerda, para cima e para baixo, pelo que é lícito concluir uma coisa horrível, isto é, que cada mosquito enxerga muito mais do que os afamados estadistas do Império do Brasil, que, segundo o testemunho dos fatos, mostram ser tão míopes como eu.

Por esta consideração ainda mais detesto o mosquito.

XXXVII

Vi o cupim.

O cupim não é sanguinário, mas a sua malvadeza não é menos prejudicial à sociedade.

A visão do mal patenteou-me segredos incríveis que li no seio recôndito desse inseto destruidor.

O cupim estraga, aniquila mais cabedais do que certos ministros da fazenda e de obras públicas que temos tido no Império do Brasil: façam ideia de quanto ele estraga para vencer na comparação!

Conhecendo a faculdade destruidora do maldito inseto, os carpinteiros, os livreiros, os alfaiates e as modistas fizeram comércio de amizade, e pacto de aliança com o cupim, e todos reunidos representam e formam uma firma comercial sob a denominação de Cupim e Cia.

Em dois anos arruína-se uma casa, em dois meses fica em pó e renda uma biblioteca, em duas semanas torna-se sem serventia um guarda-roupa.

E note-se, o cupim é implacável, profundamente desprezador de todas as conveniências, e revoltoso ao ponto de não dar importância nem a um decreto referendado pelo ministro do Império; em seu furor o cupim é capaz de não parar nas velhas calças brancas da corte, e de ir até roer as novas calças azuis dos nossos gentis-homens.

O cupim é portanto um inseto-monstro que deve ser posto fora da lei.

XXXVIII

Além do cupim vi uma aranha.

Feio bicho; era porém ele que principalmente dominava o teto do meu sótão.

No centro da imensa teia que se estendia em admirável rede de mil fios entrelaçados por baixo de todo o telhado, o diabo da aranha se ostentava soberana.

A um movimento do ar que sacudia tênue fio da teia, a aranha avançava logo para, se era preciso, remendar ou dar nó à rede; ao toque de um inseto os fios tocados enlaçavam a mísera presa que a aranha ia logo devorar sem piedade.

O sistema da centralização política e administrativa estava ali perfeitamente realizado pela aranha.

Era exatamente como a administração, a polícia e a guarda nacional do Brasil.

Mas a aranha ia em perversidade muito além desse domínio escraviza-dor do telhado.

Feia, assassina, terrível, a aranha excede em crueza a todos os animais irracionais, e, oh assombro! até aos racionais, até aos homens!

Como todos os insetos carnívoros caça, mata e devora outros insetos.

Pior que os outros insetos assassinos, guerreia, e mata os da sua própria espécie à semelhança dos homens.

E ainda pior que os homens, a aranha, o tipo da malvadeza levada ao zênite, à celeradez *nec plus ultra*, à mais horrível exceção em tudo, a aranha mistura o amor com o ódio e o gozo com o assassinato, a aranha cede ao instinto, obedece à lei da reprodução da espécie, e satisfeito o império natural da lei, a aranha, como a antiga e fabulosa *amazona*[19], ataca, fere, e mata aquele mesmo que pouco antes lhe dera a glória próxima de encher de ovos prolíficos a sua teia.

Onde se viu perversidade semelhante!!!

---

19 *Amazona*: Segundo antigas lendas, as amazonas eram mulheres guerreiras. O explorador Orellana, vendo as mulheres índias combater com os homens para expulsar os invasores, no norte do Brasil, chamou-as de amazonas, lembrando as lendárias guerreiras da Grécia antiga. Desse fato teria vindo o atual nome do estado do Amazonas. (N.E.)

XXXIX

Horrorizado da aranha, desviei dela a minha luneta mágica e em movimento de repulsão levei-a até uma das extremidades do telhado, onde encontrei metade do corpo de um rato que me olhava esperto, e com ar que me pareceu de zombaria.

Senti vivo desejo de estudar o rato e fixei-o com a minha luneta; mas o tratante somente se deixou exposto durante minuto e meio, e fugiu-me, deixando-me ouvir certo ruído que me pareceu verdadeira risada de rato.

E fiquei sem poder apreciar esse quadrúpede roedor e daninho pela visão do mal!

O rato é de todos os animais que tenho encontrado, o único que não me foi possível estudar tanto quanto desejava.

Por quê?...

Seria isto efeito do acaso?

Ou é que os ratos têm no Brasil o privilégio de escapar à justa curiosidade, e às justíssimas diligências perseguidoras de quem os deve apanhar, e pôr em boa guarda?...

Não creio nesta segunda hipótese.

As ratoeiras abundam; todos o sabem.

Agora o que desconfio que seja verdade, é que a justiça pública arma ratoeiras que só apanham os camundongos, e deixa e tolera que famosas ratazanas vaguem impunes, floresçam e brilhem, fazendo farofa pelas ruas da cidade.

XL

Ainda conservava fixada a minha luneta mágica no ponto donde me fugira o rato, quando senti rumor de pessoas que vinham subindo a escada do sótão e ouvi distintamente a voz do médico.

O meu primeiro cuidado foi imediatamente esconder a luneta do mesmo modo que antes fizera, e em seguida fechei os olhos e fingi que dormia tranquilo sono.

Era meu intento, fingindo-me adormecido, ouvir as observações do médico e dos meus três ruins parentes para saber o que devia esperar e temer, e como me cumpriria, ou me conviria proceder.

Confesso que foi grande atrevimento meu querer iludir o médico com um sono falso; contei porém a ligeireza habitual dos exames de muitos desses doutores que, depois do primeiro e esmerilhado estudo do doente, supõem governar a natureza e a moléstia, e dão a cada uma de suas visitas a duração de — cinco minutos por cerimônia.

Desconfio que a visão do mal tem me tornado mordaz; mas os homens merecem ser tratados assim.

XLI

Entraram.

Reconheci as vozes do doutor, do mano Américo, da tia Domingas, e da prima Anica.

— Ele dorme, disse a prima Anica.

— Sono reparador, observou o médico com um tom magistral.

E logo tomou-me o pulso com a maior delicadeza para não me despertar; tocou-me a fronte, passando por ela a palma da mão, e examinou-me o calor dos pés.

— Do mais grave perigo está salvo, disse então o doutor; operou-se uma crise benéfica, e a congestão foi a tempo embaraçada. Respondo pelo nosso homem.

— A notícia não pode ser mais agradável, disse o mano Américo; mas eu receio muito alguma recaída...

— Não é impossível.

— A causa subsiste...

— Que causa?...

— A posse em que ele está da luneta que supõe mágica.

— Luneta que é obra do diabo! exclamou a tia Domingas.

— Luneta aleivosa e má, acrescentou a prima Anica.

— Minhas senhoras, não indiciem acreditar no poder mágico da famosa luneta para que eu não me convença de que devo tratar aqui de três doentes em vez de um.

— Essa é boa! tornou a tia Domingas: pois seria a primeira vez que o espírito maligno fizesse das suas no mundo? Bem se diz que os médicos não são religiosos.

— O senhor doutor talvez tenha razão, disse Anica; há porém coisas que fazem tontear a gente!

— Eu creio, respondeu o médico em tom brincão: a senhora por exemplo não tem em si o espírito maligno, e contudo aposto que terá feito andar às tontas as cabeças de muitos moços de bom gosto.

— Ora... ora...

— Mas, doutor, acudiu o mano Américo; tratemos seriamente deste caso: eu também não tenho a simplicidade pueril de acreditar no poder mágico da luneta fatal; todavia meu irmão está possuído dessa ideia.

— O que é mau sintoma, convenho.

— Muita gente se julga ofendida pela luneta e a teme...

— Segue-se que também é preciso tratar dessa gente que padece tanto, como seu irmão.

— O doutor graceja...

— Não; falo sério.

— Penso que convinha muito e ainda mesmo à força tomar essa luneta, e quebrá-la.

— Francamente, disse o médico; julgo que seu irmão iludido por um suposto mágico, tem-se tornado vítima da própria imaginação exaltada no maior extremo; com efeito essa ilusão, de que ele é escravo, assumiu o caráter de mania...

— Então...

— Ou é possível ou impossível curar-lhe a mania: se é impossível, para que atormentar seu irmão inutilmente? Se é possível, nós o curaremos da mania mais tarde...

— Mas...

— Agora eu o vejo escapando apenas a um ataque cerebral que ameaçou tomar proporções terríveis, e o ressentimento de qualquer violência que ele sofresse, seria capaz de levá-lo à sepultura.

— E a influência maléfica da luneta?...

— Proíbo que contrariem e que desgostem de qualquer modo o nosso doente.

— Então ele está realmente doido, senhor doutor? perguntou Anica.

— Cuidado, minha senhora; seu primo foi muito seriamente ameaçado de uma congestão cerebral; acudimo-lo a tempo; conseguimos prevenir um caso talvez desesperado, mas qualquer imprudência pode ainda ser fatal.

— A minha pergunta...

— Foi menos prudente; se seu primo a ouvisse receberia cruel impressão. Felizmente ele dorme.

XLII

Senti verdadeira dor de consciência por estar com o meu fingido sono enganando ao homem que tão decidido me defendera.

Abri os olhos; fiz de conta que despertava.

— Como vamos? perguntou-me o doutor.

— Acho-me bom; mas fraquíssimo.

— Fui eu que o enfraqueci: *tirei-lhe sangue*[20], como nenhum outro médico se lembra mais de tirar; agora a moda é condenar a lanceta; eu porém adoro ainda a minha...

— Obrigado, doutor. Se me quiser estender sua mão, eu a beijarei... duas vezes.

— Tão bom me acha?

— Pela minha gratidão acho-o ótimo.

— Logo nem todos os homens são maus.

Compreendi a alusão e guardei silêncio.

— Daqui a alguns dias resolveremos esta importante questão; agora não lhe permito conversar nem mesmo com os seus parentes.

— Pode ficar descansado nesse ponto, doutor; juro-lhe que não lhes darei nem palavra.

— Que ingrato! murmurou Anica que me apertava uma das mãos.

— Além disso quero que esteja absoluta, perfeitamente tranquilo, e sem a mais leve apreensão triste ou temerosa no ânimo.

— Como?

— Que é da sua luneta?

— Tenho-a escondida, doutor.

— Escondida por quê?

— Não me pergunte o que sabe: a minha luneta é o único tesouro que possuo no mundo ou na vida, e querem roubar-ma!!!

— Não é preciso exaltar-se tanto; confie mais em seus parentes que o amam, e que são os primeiros a garantir-lhe a posse do seu pretendido ou verdadeiro tesouro.

— Ontem à noite empregaram a força, lutaram, magoaram-me para arrancar-me a luneta...

— Engana-se: ontem à noite o senhor teve ardente febre e delírio... não se passou, o que acaba de dizer; pode usar de sua luneta sem receio algum; tranquilize-se, serene o seu espírito; os seus parentes estão aqui, e em prova de cuidado e de amor estão prontos, embora não seja isso necessário, a dar-lhe todas as seguranças...

— Sim, mano Simplício, disse Américo com acentuação enternecida; podes usar da tua luneta com a mais plena liberdade, que eu serei o primeiro a fazer respeitar por todos os meios.

— Benza-te Deus, menino! Que mal nos faz a tua luneta? exclamou a tia Domingas.

---

20 *Tirei-lhe sangue*: Naquela época, para diminuir a pressão sanguínea, era costume tirar grande quantidade de sangue do paciente. Algumas doenças eram evitadas dessa maneira. (N.E.)

— Primo, eu preferiria morrer a causar-lhe o menor desgosto, assobiou suavemente Anica com a sua voz de música afinada.

— Já ouviu? perguntou-me o doutor.

Eu estava dentro de mim revoltado contra aquela hipocrisia refinada dos meus três parentes inimigos; por eles media, aquilatava ainda uma vez a perversão e a malvadeza da humanidade, e em meu assanhado ressentimento desejei castigá-los, ostentando a minha desconfiança.

O médico proporcionou-me a oportunidade do castigo.

— Que é da sua luneta?... perguntou-me ele outra vez, notando sem dúvida a minha reflexão.

— Receio... desconfio sempre, respondi com azedume franco.

— Apresente-a; sirva-se dela; conte com a proteção de seus parentes.

— E quem é deles o fiador? perguntei acerbo.

Percebi um movimento, tríplice movimento de contrariedade e de viva impressão de ofensa; libei a minha vingança.

— Injusto irmão! disse Américo.

— Que pecado contra a natureza! bradou a tia Domingas, acrescentando em voz baixa: ave Maria, Deus te perdoe!

— Meu primo! como você é ingrato! balbuciou a prima Anica.

O doutor desatara a rir.

Os médicos são os homens que mais riem ou os homens que nunca riem, porque são os homens que mais e melhor estudam a humanidade por obrigação do ofício.

Eu quis provar que me não deixara comover, e aplaudindo em minha consciência a eloquente risada do médico, firmei a sentença da minha bem fundada desconfiança, repetindo a pergunta:

— E quem é deles o fiador? Quem se atreve a ser o fiador dos meus três parentes?...

— Eu, disse o doutor.

Sem mais hesitar desatei a luneta, e apresentando-a, fixei-a ousadamente, observando em rápido volver as quatro pessoas que estavam diante de mim.

O médico ria-se, com um sarcasmo a rir desenvoltamente.

O mano Américo, a tia Domingas, e a prima Anica mostravam-se contrafeitos pelo vexame, e no mais completo e ridículo desapontamento.

Como é vil, ruim, baixa e indigna a humanidade!!!

XLIII

Este médico será uma exceção entre os homens?... será bom e honesto?... a sua boca pronunciou palavras justas e leais; o seu proceder foi o de um médico consciencioso; enganou-se com o meu fingido sono ou por ligeireza de observação, ou por inabilidade; mas que será este homem no fundo do coração?... evidentemente ele me defendeu; pareceu-me bom e honesto; eu porém não me fio mais em aparências.

Hei de com a luneta mágica estudar o meu doutor, quando tiver ocasião oportuna.

XLIV

Passaram pouco mais ou menos assim cinco dias.

Eu me sentia perfeitamente restabelecido; mas o médico teimava em administrar-me colheres de uma preparação que ajudada de severa dieta debilitava-me cruelmente.

Este tratamento martirizava-me; no quinto dia obtive que se suspendessem as malditas colheres de remédio que me estavam prostrando; mas ainda me ficou a dieta apenas ligeiramente modificada no sentido reparador.

Apesar disso o médico me convinha: achei nele o meu protetor, e, o que é mais, o defensor dos meus direitos de posse absoluta da luneta mágica. Ouvi-o por mais de uma vez lançar o ridículo sobre os meus três ferozes parentes que teimavam em sustentar a conveniência de despojar-me do meu tesouro.

Estimei, amei, adorei o excelente doutor, o único homem, que eu tinha encontrado com bastante amor à verdade para sustentar que eu não estava doido, e que não tinha receio da minha luneta, cujo poder, se eu nisso acreditava, era, dizia ele, apenas inocente mania facilmente curável.

Esta última apreciação, que era um erro, talvez notável contradição de médico, pois se havia em mim tal mania, era fácil que ela me levasse à perda completa do juízo, essa contradição, que bem podia ser um recurso de consolação empregado pelo doutor, por fim de contas me era útil, e tão agradecido me reconheci que deliberei não fitar a minha luneta no doutor.

Eu devia-lhe tanto, que preferi viver enganado com ele a expor-me a descobrir sentimentos repugnantes nesse homem.

XLV

Em todo este tempo o meu extremo irmão que com tristes lamentações insistia em considerar-me doido, conservara sempre no meu quarto um ou dois escravos de sentinela.

No sétimo dia de tratamento o doutor logo que entrou acompanhado dos meus três adoráveis e estremecidos parentes, despediu as malditas sentinelas, declarou que não eram necessárias e que pelo contrário deveriam ter sido dispensadas desde o segundo dia.

Ficamos no quarto, o doutor, o mano Américo, a Tia Domingas, a prima Anica e eu.

— Ora pois! disse o médico, dirigindo-se a mim, o senhor está bom, e hoje venho despedir-me do seu tratamento.

Desfiz-me em agradecimentos, que me saíram do coração.

— Muito bem, tornou ele; quero pôr em prova imediata a sua gratidão.

— Que quer de mim? mande, doutor.

— Todos falam da sua luneta mágica; o senhor pretende que por meio dela pode ler no livro íntimo dos sentimentos dos homens: é isto verdade?

— É verdade, doutor.

— Otimamente; eu duvido de tudo isso e quero que dissipe as minhas dúvidas: dá-me a palavra de honra que há de dizer em alta voz tudo quanto ler e encontrar nos arcanos da minha alma, fixando em mim sua luneta?

— Doutor!

— Eu o exijo.

— Oh! não!... eu lhe devo muito...

— Eu o exijo. Dá-me palavra de honra?...

— Dou-lha; é a pesar meu; mas dou-lha.

— Fite pois em mim a sua luneta: eia! venha a experiência.

Com ímpetos de curiosidade, talvez de insensata saudade da visão do mal, tremendo porém de grato medo, fixei a luneta mágica no rosto do médico, que imóvel e inabalável se deixou observar.

Vi e fui dizendo o que via.

— Cabelos castanhos e crespos, fronte soberba, olhos pequenos, mas brilhantes e incisivos no olhar, nariz aquilino, faces pálidas, lábios grossos e eróticos, pouca barba, mãos finas e delicadas, corpo bem-feito, e... oh!...

— Que é isso?...

— A visão do mal!... exclamei.

— Venha ela!

— Não! não! não!

— Deu-me a sua palavra de honra: cumpra-a!

— Não!

— Eu o exijo.

Obedeci e falei tremendo e a pesar meu.

— Bela inteligência, e estudo profundo desvirtuados pela ambição do ganho, e pelo embotamento da sensibilidade! O senhor desperta à meia-noite ao chamado anelante de um pobre, cuja esposa lhe dizem que agoniza, e responde friamente: "procurem outro médico: se a mulher agoniza, não vou lá"; e conchegando ao corpo os lençóis, dorme sem remorsos; o senhor faz pacto de aliança com as moléstias dos ricos que pagam, prolonga os tratamentos para multiplicar as visitas, e dobrar os lucros... o senhor é materialista e incrédulo, não admite alma, espírito, ri da vida eterna, admira o acaso, e não reconhece Deus, criador do universo, criador do homem, Deus do castigo do mau que não se arrepende, Deus do perdão do pecador contrito!... O senhor é o homem da inteligência, raio do céu, e da ciência incompleta, vaidosa e corrompida da terra! O senhor é uma fonte de erros e de abominações, o senhor é perverso!...

O médico desatou em estrondosas gargalhadas, talvez para disfarçar a confusão em que sem dúvida ficara, e saiu do quarto, rindo-se cada vez mais estrepitosamente em seguimento de meu irmão, de minha tia e de minha prima que fugiram espantados do testemunho tremendo da visão do mal.

XLVI

A luneta mágica tinha caído no meu colo e eu me abismei nas mais tristes reflexões.

Ainda um desengano, o último! O doutor que fora tão bom, tão leal para comigo, que se me afigurara tão escrupuloso no tratamento da minha moléstia, que com tanto acerto combatera, o médico que usando da sua autoridade proibira que empregassem a menor violência para me arrancarem a minha luneta, esse homem que eu quisera que fosse uma exceção entre os homens, era como os outros e mais do que muitos outros, indigno da minha estima pelo seu ruim caráter.

Os seus escrupulosos cuidados tinham tido por fim demorar a cura para ganhar mais dinheiro!...

A defesa da minha luneta fora devida à incredulidade materialista, que o levava até o selvagem extremo de negar a existência do espírito que anima o homem, e de Deus sempiterno e onipotente!...

Isso porém não me espantou: afligiu-me, aflige-me; mas eu já estava preparado para o desengano cruel; a meu despeito, a despeito dos impulsos da gratidão, eu já desconfiava do médico.

O que me preocupa agora, o que me atormenta é a negridão do meu futuro, é a incerteza terrível dos tormentos que me esperam.

Que será de mim?... que vou eu sofrer?... por que provações vou passar?...

XLVII

Não posso mais ser feliz: é impossível.

Aborreço a todos, e todos me aborrecem.

Sou um contra todos, a sociedade toda está em guerra aberta contra mim. Não pode haver luta, vou sucumbir; cairei ao primeiro golpe.

O grito do primeiro garoto, a pedrada do primeiro menino malcriado será o anúncio do meu sacrifício.

A voz geral brada que estou doido.

O médico que me tratou protesta que não estou doido; mas confessa que estou maníaco. A distinção não me salva.

Ficarei para sempre fechado neste quarto, ou, se aparecer na rua, gritarão mil vozes: "o doido! o doido!"

E arrastarão o doido para o hospício dos alienados...

E me arrancarão à força a minha luneta mágica, e hão de quebrá-la, destruir o poder da visão do mal!...

Oh! é horrível esta situação.

XLVIII

E de que me serve mais esta luneta fatal?...

Ela já me fez conhecer a sobras o mundo e os homens. Doravante nada mais pode ensinar-me que seja novo para mim.

Se ma arrancarem, se a quebrarem, ficarei em todo caso com a ciência que ela me deu.

Que a quebrem pois! Pouco importa.

O que me apavora é a incerteza e o medo dos transes, a que tenho de sujeitar-me.

Se ao menos eu soubesse, se eu pudesse prever o que se projeta, se planeja, e se realizará contra mim amanhã... de hoje a três dias, daqui a um mês ou mais tarde...

Se eu pudesse acabar de uma vez com esta incerteza que é o pior dos martírios...

Oh!...

O armênio me proibiu fixar a luneta mágica por mais de treze minutos, sobre o mesmo objeto, porque além de treze minutos começaria a visão do futuro.

A visão do futuro!... é a que eu aspiro, o que ardentemente agora desejo.

É verdade que o armênio também me assegurou que a visão do futuro me era negada, e que a luneta mágica se quebraria entre meus dedos, se eu a fixasse sobre o mesmo objeto por mais de treze minutos.

Mas quem sabe se o armênio procurou enganar-me?... Quem me diz que ele não inventou esse meio, que não empregou essa proibição dolosa para impedir que eu chegasse até a visão do futuro e dela me aproveitasse?...

A visão do futuro me daria poder igual ao do mais abalizado mágico; com ela eu seria igual ao armênio...

Diz-me o coração que o armênio quis enganar-me, e que eu posso ter a visão do futuro; e por ela igualá-lo na extensão do poder mágico.

Quero fazer a experiência. Que me pode acontecer de pior?... quebrar-se a luneta entre os meus dedos... ora!... e sem a visão do futuro, de que, para que mais me serve esta luneta?...

XLIX

O desejo impetuoso, irresistível da visão do futuro dominou-me absolutamente.

Ardi por efetuar a experiência.

Mas o futuro que eu principalmente e antes de tudo almejava conhecer, era o meu.

Como era possível que eu fitasse a minha luneta mágica em mim próprio, no meu próprio rosto?...

Pensei debalde uma hora, e acabei entendendo que não há recursos para vencer o impossível.

Pois há! mercê do encanto prodigioso da minha luneta mágica, há. Em um momento de inspiração que me pareceu feliz, lembrou-me de fitar a luneta na imagem do meu rosto refletida pelo vidro do espelho. E saltei da cama, e corri ao espelho, e fitei na imagem do meu rosto a luneta mágica.

L

Vi-me pálido, abatido, desfigurado, vi-me outro, e muito diferente, do que eu ainda era um mês antes... vi meus olhos encovados, e meu olhar inquieto, cheio de flamas, e como que temeroso... vi, sem dar importância ao que via, os senões e talvez os dotes físicos do meu semblante...

Eu estava ansioso pelo fim dos treze minutos; quase que não tinha consciência do que estava por força vendo... eu tremia, e esperava a visão do futuro: era a minha ideia exclusiva.

De súbito estremeci violentamente.

Oh! sem que eu nisso cuidasse, sem que eu com isso tivesse calculado, oh!... cheguei antes da visão do futuro à visão do mal!...

E quereis sabê-lo?... vi a minha perversidade!...

Meu Deus! isto é necessariamente mentira, ou castigo; meu Deus! eu não sou assim!...

Vi que sou o mais infame caluniador, e inimigo dos meus parentes! Vi que em frenesi de malvadeza infernal assaco aleives contra os homens, atiro aleives sobre nobres senhoras e inocentes donzelas, ouso insultar ao pé dos altares os sacerdotes, respiro o mal, vivo do mal, semeio o mal...

Eu estava em convulsão... detestava-me... tinha horror de mim próprio, desprezo pela minha torpe individualidade, vi-me tão imundo, tão profundamente vil e asqueroso, que desejei cuspir, e, se pudesse, teria cuspido no meu rosto.

Vi-me ainda venenoso como a pior e a mais enraivada das serpentes; vi-me em fúrias de enraivadas atrocidades, possesso do demônio, vi-me morder em delírio todos os seres da criação, e maldito, hediondo, horroroso, ultrajando a Deus, o criador.

Soltei um grito de pavor indizível, e apertando desesperado os dedos, quebrei, fiz em migalhas a luneta, e sem sentir a dor da mão ferida e ensanguentada pelos pedaços de vidro que tinham nela se entranhado, fui cair no leito chorando desabridamente, e por entre dolorosos soluços, bradando em alta voz:

— Perdão!... perdão!... perdão!...

FIM DA PRIMEIRA PARTE

SEGUNDA PARTE

INTRODUÇÃO

I

Oito dias deixei-me clausurado em casa, maldizendo da minha infelicidade.

Eu tinha recebido da experiência uma grande lição; mas como quase sempre acontece ao homem, veio-me a lição da experiência, quando não podia mais aproveitar-me.

A insaciabilidade do desejo fora a causa determinante do meu maior infortúnio.

Pobre míope, o que eu mais ambicionara, por muito tempo debalde, consegui enfim obter um dia, tive uma luneta potente que deu a meus olhos a vista penetrante da águia.

Alcançado benefício tão grande, tesouro tão precioso, aquilo que se me afigurara impossível, desejei mais!

Quis ter e gozar a visão do mal, a que o armênio sabiamente me aconselhara não expor-me, esclarecendo-me sobre os seus perigos.

Mas desejei e quis ter, e tive essa visão fatal, e por ela tornei-me o homem mais desgraçado.

Não me corrigi ainda assim, e desejei a visão do futuro que me fora proibida, sob pena de quebrar-se em minhas mãos a luneta mágica.

Desejei e quis ter a visão do futuro; mas antes de chegar a ela detestei a luneta que me inspirava horror de mim próprio, e em furioso ímpeto despedacei o vidro mágico, realizando-se desse modo a sentença do armênio.

E agora os meus olhos ficaram sem luz, estou tateando as trevas, e o desejo de gozar com a vista a natureza é mil vezes mais ardente, do que outrora; porque eu já vi, e já sei o que perco não vendo, como pude ver.

Ah! no outro tempo eu era como um cego de nascença, infeliz; ao menos porém não apreciando bastante a profundeza da minha miséria; agora eu sou o cego que já viu, que cegou depois de ter visto, e que sabe tudo quanto perdeu com a cegueira!...

Maldita seja a insaciabilidade do desejo, que envenena a vida do homem, e que mil vezes o leva a sacrificar imenso bem que está gozando pela ambição de mais gozos ainda, e do que não lhe era preciso para a felicidade da vida!

Eu já vivi no mundo da luz, e agora estou condenado, condenei-me a vegetar no cárcere das trevas.

II

O despedaçamento, a destruição da minha luneta mágica foi muito festejada pelos meus três parentes e pelo que me disseram, a notícia do fato mereceu as honras de uma gazetilha do *Jornal do Comércio*[21], espalhou-se pela cidade, e tranquilizou o espírito da sua população que tanto se exaltara contra a visão do mal que eu possuía.

O mano Américo teve a bondade de fazer-me ouvir um discurso consolador, em que me demonstrou que eu tinha sido vítima de um longo acesso de loucura; que eu nunca vira mais do que dantes; que a minha miopia não era suscetível de recurso ou socorro algum que me emprestasse vista, e que enfim, quebrando a luneta, eu me libertara de uma ilusão perigosíssima, e rematou o discurso com a eloquente peroração, jurando que estava pronto a continuar a ver e pensar por mim.

A tia Domingas mandou apanhar todos os pedaços do vidro que eu quebrara, e lançá-los ao mar, dizendo que havia neles malícia do diabo, de que eu estivera possesso, durante não poucas semanas, e manifestando finalmente a crença de que ao poder das suas orações fora devido o despedaçamento da luneta mágica, e de que a salvação da minha alma, e a doce tranquilidade da minha vida teriam tanto mais segurança, quanto mais completa e irremediável fosse a minha miopia, que me livrava de enormes pecados.

A prima Anica foi dos três parentes o único que teria podido fazer-me sorrir, se nos meus lábios fosse ainda possível raiar um sorriso suave, e haver no meu coração um resto de confiança para essa moça interesseira e egoísta.

A prima Anica procurou convencer-me de que a minha luneta diabolicamente encantada me fizera ver os objetos ao contrário do que eles são na realidade, e que por isso mesmo eu devia acreditar e considerar formosa a senhora que me tivesse parecido feia ou menos bonita, e ter em conta de virtuosa, recatada e dedicadíssima aquela que pela visão do mal eu houvesse julgado loureira, má e calculista. Lembrou-me *Cícero*[22], pleiteando a própria causa.

E logo depois dessa teoria sobre a luneta mágica, a prima perseguiu-me cruelmente para que eu lhe confiasse em segredo todas as revelações que eu recebera da visão do mal relativamente às senhoras do seu conhecimento. Uma vez, por inocente malícia, comuniquei-lhe uma apreciação

21 *Jornal do Comércio*: Jornal do Rio de Janeiro, fundado em 1º de outubro de 1827, pelo francês Pierre Plancher. O jornal se destinava a dar melhores informações sobre o movimento comercial, assim como a fornecer os elementos mais importantes do quadro político nacional e internacional. (N.E.)

22 *Cícero*: Foi um grande orador e escritor romano. Tornou-se muito famoso por sua eloquência. Nasceu no ano 106 a.C. e morreu em 43 a.C. (N.E.)

cruel, talvez aleivosa, dos sentimentos, e do caráter da mais íntima, e aparentemente mais estimada das suas amigas, que aliás eu não tivera ocasião de observar com a minha luneta.

A prima Anica, ouvindo-me, exclamou:

— É isso mesmo! exatíssimo juízo!...

— Anica, disse-lhe eu; a minha luneta era diabólica, como você me assegura, e o que ela me fez apreciar e me mostrou, deve-se entender pelo contrário, segundo a sua opinião...

— Primo, respondeu-me Anica sem hesitar, o diabo para enganar facilmente, às vezes diz e mostra a verdade.

Eu fiquei profundamente convencido de que houvera menos diabo na minha luneta mágica, do que havia nos pensamentos e nos sentimentos da prima Anica.

III

Depois do oitavo dia da minha voluntária clausura despertei no seguinte ao canto de um canário que festejava a aurora.

Levantei-me e fui debruçar-me à janela que abria para o jardim.

O frescor suave das auras, o perfume das flores, o ruidoso acordar da cidade lembraram-me aquele anelado amanhecer do dia, em que eu fizera a primeira experiência da minha luneta mágica; e as arrebatadoras impressões que eu recebera, podendo ver, e admirando a aurora, as flores, as borboletas, a natureza enfim.

Os pesares, as sensações repugnantes, os tormentos e o horror da visão do mal como que se varriam da minha memória, exclusivamente empenhada em avivar a saudade do bem que eu havia perdido.

Apoderou-se de mim melancolia tão profunda e sombria como era profunda e sombria a noite dos meus olhos.

Passei um dia de silenciosa amargura, e arrependi-me mil vezes de haver quebrado a minha luneta mágica.

Se eu tivesse sido mais prudente, e ainda mesmo dissimulado, por certo que não me teriam faltado meios de iludir quantos me cercavam e cercam, e de conservar a preciosa luneta.

Agora é tarde, e o meu pungente arrependimento não me aproveita, e só duplica a aflição que me acabrunha.

A cada momento vinham-me à lembrança o Reis e o armênio, o Reis tão bom e amável, tão complacente e obsequiador; o armênio tão hábil e tão sábio; tão poderoso em magia, e tão leal em seus conselhos.

Lembrança inútil!

Eu havia sido tão descortês, tão ingrato em meu proceder em relação ao Reis, que me não era lícito pensar em ir de novo bater à sua porta, que ele tinha o direito de me fechar no rosto.

E o armênio? Como poderia eu aparecer, mostrar-me diante dele depois da minha desobediência aos seus preceitos?...

E todavia eu teimava sempre em lembrar-me do Reis e do armênio...

E de instante a instante perguntava a mim mesmo, se o armênio ainda se conservava trabalhando nas oficinas do Reis...

A ideia de voltar ao famoso armazém de instrumentos óticos da Rua do Hospício, começava a perseguir-me, a dominar-me, como a paixão mais violenta escraviza, e move, impele e arrebata a sua vítima.

Dois únicos sentimentos ainda me tolhiam os passos: eram o vexame e o medo.

IV

É claro que eu estava em caminho adiantado para vencer o vexame, que me fazia hesitar em apresentar-me na casa do Reis.

Todo homem é mais ou menos egoísta, e em proveito do seu egoísmo raro é aquele que em circunstâncias imponentes, em casos extraordinários, não sacrifica simples consideração de delicadeza.

Quantos homens ricos e maus que nunca deram esmola ao pobre, tornados mendigos pelo vaivém da fortuna, deixariam de estender a mão pedinte a algum recente herdeiro de inesperada riqueza, ao qual dantes tivessem por vezes respondido: Deus o favoreça?!...

Eu não fiz tanto como isso: hei de pois dominar o meu vexame e ir à casa do Reis.

Pedirei perdão com humildade, e luz para meus olhos, como um condenado à morte que pede a vida ao poder que é capaz de dá-la.

O medo que eu tenho, é de sair à rua, de expor-me às zombarias, às vaias, à perseguição dessa gente que me detestou, que talvez me detesta ainda por causa da visão do mal.

Em seu ódio, em seu empenho de vingança muitos conspiraram para que eu fosse reputado maníaco ou doido, e em todo caso perigoso e nocivo à sociedade.

Horrível ameaça pesou sobre mim, e mais de uma voz, mais de um conselho sinistro apontava a conveniência de me recolherem ao hospício dos alienados.

Eu tenho medo de aparecer a essa gente que maldizia de mim, e que pedia a minha proscrição, o encarceramento do doido.

Tenho medo de sair à rua.

■

V

Refletindo bem, me parece que este medo chega a ser pueril.

Tenho duas presunções a favor da minha segurança, duas observações que destroem todos os fundamentos do medo.

Não se provou, conforme as exigências da lei, que eu estivesse ou fosse doido; o pronunciamento de muitos homens irrefletidos apenas poderia indicar que eu era um excêntrico ou enfim possuído de esquisita mania, o que nem por isso prejudicava o meu juízo em relação a todas as circunstâncias e condições da vida particular e social.

Ora, na cidade do Rio de Janeiro não só não se recolhem ao hospício dos alienados os excêntricos e maníacos da ordem em que fui contemplado, como é certo que os excêntricos e adoidados não reconhecidos legalmente doidos gozam privilégios de tolerância, e de indulgência, e quando algum deles ofende a sociedade, com o escândalo público, em que compromete o decoro da família, ou ataca de frente as mais veneráveis e santas considerações sociais, encontra impunidade certa, e desculpa segura na voz do povo que diz: "não se faça caso; aquilo tudo é excentricidade; o homem tem suas manias; mas no fundo é boa coisa".

Eu creio pois que não há lugar nem cidade como o Rio de Janeiro, em que se possa ser impunemente e sem inconveniência pessoal não somente excêntrico e maníaco; mas até doido, completamente doido, contanto que se traje de paletó escovado e se tenham meses ou dias de lucidez.

Afora esta importante consideração que deve utilizar-me, conto por mim o tempo, que ainda mais foi ajudado pela notícia da destruição ou despedaçamento da minha luneta mágica.

Perdida, quebrada a luneta, cessou o motivo da perseguição que moviam contra mim.

E lá vão oito dias!

Oito dias valem oito anos para a memória e para as impressões mais fortes do povo da nossa capital.

Em oito dias regenera-se o político que a opinião pública irritada condenou.

Em oito dias do réu se faz o juiz do pleito em que fora réu.

Em oito dias às vezes a *rocha Tarpeia* se transforma em *Capitólio*[23].

---

23 *Rocha Tarpeia ... Capitólio*: A rocha Tarpeia era, em Roma, o lugar do qual eram precipitados os condenados à morte. Essa rocha ficava na extremidade sul do Capitólio. Este, por sua vez, era a colina mais importante de Roma, sendo aí o centro espiritual da cidade. O autor pretende, com essa expressão, dizer que de uma situação difícil pode-se chegar a uma posição privilegiada, graças à volubilidade do povo. (N.E.)

Em oito dias corre o *Letes*[24] por onde estava bramindo a memória de um escândalo.

Em oito dias a sociedade ligeira, inconstante, mudável, seria capaz de santificar o diabo.

Não há atividade de opinião que resista à extensão, à eternidade de oito dias na nossa capital.

O nosso povo é a certos respeitos povo um pouco francês.

Eu tenho por mim oito dias: refletindo assim, perdi o medo e vou sair à rua.

Ensaiarei um passeio de simples experiência, e se eu for feliz, se me deixarem em paz andar pela cidade, amanhã ou depois de amanhã irei à casa do Reis.

VI

Ao cair da tarde saí.

Em relação a meus olhos pouco importava que eu saísse de dia ou de noite; quis porém arriscar-me a aparecer à luz do crepúsculo para observar a impressão que a minha pessoa causava ao público.

Não me era possível apreciar expressões fisionômicas daqueles que reparassem em mim; mas eu tinha e tenho bom ouvido de cego, e não me escapariam nem o murmurar da maledicência, nem mesmo o sussurro da curiosidade revelada em trocas de palavras abafadas.

Caminhando vagarosamente, e com atenção dissimulada, porém viva, ouvi, e percebi o que alguns disseram, vendo-me passar.

— Míope ou antes cego, como dantes!

— Perdeu o encanto...

— Que encanto! caluniavam o pobre rapaz...

— Deveras?

— Foi vítima da mais cruel perseguição.

— Coitado!

— Querem-no cego para desfrutarem-lhe a fortuna...

— Que imoralidade!

Eis como pensavam e murmuravam quase todos ao considerarem o meu infortúnio.

---

24 *Letes*: Na mitologia greco-romana, era o rio do inferno onde as almas dos mortos eram obrigadas a beber água. Essa água provocava o total esquecimento do passado. O Letes passou a simbolizar o esquecimento. (N.E.)

Volúvel e caprichosa cidade! o seu juízo se modifica, e até muda completamente com o volver de alguns dias, e o objeto das maldições pouco a pouco se torna objeto de simpatias.

Estudai a capital; a nossa é provavelmente como todas as outras de iguais ou maiores proporções: os seus habitantes vivem sujeitos ao contágio moral dos sentimentos; uma opinião entra em moda, poucos a examinam e discutem, a novidade a recomenda, o contágio moral a espalha, mais tarde a reflexão começa a patentear-lhe as falhas, o espírito ressentido reage, a reação propaga-se por novo contágio, e se pronuncia fulminando-a, e então nem distingue o que ela pode ter de exatidão e de verdade entre os erros, aliás a princípio aplaudidos como acertos.

A opinião pública é deslumbrante, mas leve e fugitiva; assemelha-se às fadas dos contos orientais, encanta, porém ilude; é igual às jovens formosas e facilmente apaixonadas, seduzem e cativam e mudam de amor em breve prazo.

Quando cheguei ao fim destas e de outras semelhantes reflexões, era noite, e eu me achava sentado em um dos bancos de pedra do jardim da Praça da Constituição.

Ninguém reparava em mim, senti-me ou isolado ou defendido pela indiferença de todos, e todavia, poucos dias antes eu tinha sido naquele mesmo lugar causa de alvoroço geral e vira a multidão fugir aterrada da minha presença, como se eu estivera na Ásia e afetado da peste negra.

É triste, miséria da humanidade! Aquela indiferença que em minhas apreensões desse mesmo dia, eu desejava tanto, e tanto pedira ao céu, aquela indiferença que era a paz que a população me concedia, acabou por fatigar-me, por despertar o ressentimento da mais estulta vaidade em minha alma de pobre pecador.

A popularidade é sempre um pedestal em que o homem se levanta acima dos outros; mas impopularidade também é pedestal, distingue pela reprovação ruidosa, e em vez de abaixar, também levanta, também arranca do vulgar a sua vítima, e para açoitá-la, eleva-a ao pelourinho, e mostra-a pela sua perseguição ou pelo seu ódio acima das proporções comuns da generalidade.

Eu já havia experimentado a distinção torturadora da aversão popular; eu já tinha sido notabilidade embora odiada, e senti-me abatido, desprezado, aviltado, reduzido à invisível nulidade pela indiferença com que deixavam nem olhado no meu banco.

Houve um momento em que atiçado, impelido, enlouquecido pela influência traiçoeira da mais estúpida vaidade, tive ímpetos de levantar-me, e de bradar àquela multidão que não me via: "olhai-me! persegui-me! eu tenho a visão do mal...".

Mas exatamente nesse momento alguém me tocou com a mão no ombro, e me disse ao ouvido:

— Até que enfim nos encontramos!

VII

Vi diante de mim e logo sentado a meu lado um vulto de homem, de quem não pude distinguir as feições e nem ao menos a moda e a cor dos vestidos.

— Quem é? perguntei.

— Pois a tal ponto se esqueceu de mim?...

— Se me conhecer, deve saber que sou quase cego.

— Sou o Reis.

Reconheci imediatamente a voz do Reis, mal pude abafar um grito que me rompia da alma e creio que teria caído de joelhos, se esse excelente homem não me tivesse contido.

— Perdão! balbuciei; eu fui um ingrato, perdão!

— Seja prudente, disse-me ele; conversemos em voz baixa; não convém que o reconheçam.

Apertei com ardor as mãos do meu bom amigo Reis, e ainda assim tive um pensamento suspeitoso, maligno; pois perguntei a mim mesmo, se a visão do mal não desmentiria as aparências tão eloquentes e persuasivas da bondade, e do generoso caráter deste homem.

Era a dúvida, era o ceticismo que a visão do mal tinha inoculado no meu espírito.

Guardei silêncio inexplicável pela desconfiança que me inspirava a humanidade; mas o meu egoísmo, os cálculos do meu interesse pessoal fizeram com que eu mantivesse apertadas entre as minhas as mãos daquele, em que de novo eu depositava todas as esperanças, de remédio, de recurso, de socorro para a minha miopia.

— Então inutilizou a sua luneta? perguntou-me o Reis.

— É verdade: em um acesso de desespero pelo horror que tive de mim próprio, ousei praticar esse ato de loucura.

E referi miudamente toda a história dos prodígios da luneta mágica, e todos os desgostos que eu sofrera por ela.

— Também eu por minha parte não sofri pouco; porque perseguiram-me e há quem me persiga ainda por lunetas mágicas; mas com efeito é extraordinário, e incompreensível!...

— A luneta?

— Não; continuo a não acreditar no poder da *cabala*[25], é porém incompreensível a ilusão pasmosa dos seus sentidos.

— Não houve ilusão; eu juro...

— Juram do mesmo modo e com a mesma convicção quantos têm sido vítimas de igual ou semelhante exaltação enferma do espírito.

— Oh! eu era, como sou, tão míope que posso considerar-me cego, e mercê daquela admirável luneta vi distintamente, perfeitamente...

— Até aí creio, é possível; mas na famosa visão do mal não acredito.

— E todavia era real e incontestável.

— Eu só tenho fé em Deus, e creio somente na verdadeira ciência; se a magia fosse uma realidade, e eu quisesse explorá-la, ganharia milhões em poucos meses.

— Como?

— A mania do nosso armênio se agrava cada vez mais: ofendido pela incredulidade, e, diz ele, dedicado a minha pessoa pela influência irresistível de não sei que fluido misterioso e inescrutável de que ele me fala, oferece-se para operar maravilhas, que tornariam o meu armazém em oficina encantada.

— Que maravilhas?

— Entre cem outras por exemplo as seguintes: óculos que façam ver o que se passa a mil léguas de distância; pequenos espelhos polidos pela magia que reproduzam a imagem do rosto de uma velha com todas as graças da sua mocidade passada; binóculos, por um de cujos vidros, se veja todo o passado e pelo outro todo o presente da vida íntima da pessoa que se observa; instrumentos de precisão ótica que patenteiem o ouro, as pedras preciosas, as riquezas e os segredos dos monstros oceânicos que se escondem por baixo das camadas da terra, no leito dos rios, e no fundo dos mares; lunetas e *pince-nez* que emprestam à mulher morena da Arábia e à mameluca do Brasil a palidez romanesca das filhas melancólicas da poesia dos sonhos, e aos olhos negros da caucasiana, e aos negros cabelos da espanhola os olhos cor do céu azul da inglesa, e os cabelos de ouro das princesas dos *cantos de Ossian*[26].

— É extraordinário!

— O armênio? com efeito o é; quer saber? No dia e na hora, em que o senhor quebrou a sua luneta, ele veio ter comigo e disse-me: "a salamandra libertou-se: o seu míope quebrou a luneta mágica".

— É possível?!!!

---

25 *Cabala*: É a ciência ou arte mágica de comunicação com entes sobrenaturais, como gnomos, duendes, etc. (N.E.)

26 *Cantos de Ossian*: Ossian (ou Oisin) é um lendário guerreiro e cantor na mitologia celta da Escócia e da Irlanda. Ele teria vivido no séc. III d.C. Vencido, velho e cego, dedica-se a cantar as proezas passadas e as desventuras de sua raça. (N.E.)

— Dois dias depois as folhas diárias da capital deram conta do caso.

— E onde está o armênio?

— Sempre encerrado em seu gabinete prestigioso no fundo do nosso armazém.

— Adivinhou então o meu infortúnio?

— E espera-o.

— Espera-me?

— Assegurou-me que o senhor nos procuraria amanhã: marcou-me o dia.

— Ainda esta!... era a minha ideia; confesso-o. E não o espanta essa previdência do futuro? Essa vidência do pensamento alheio?

— Espanta-me por certo; mas sei também que a ciência está longe de ter pronunciado sua última palavra sobre os assombrosos fenômenos do magnetismo...

— E o armênio?

— Conta com a sua visita.

— Eu hesitava e temia...

— E ele assegura que dará novo e infalível recurso para vencer a sua miopia, novo e infalível; porém não o mesmo.

— E se eu bater à sua porta?...

— A porta da nossa casa abre-se a todos os homens, que vão bater a ela, e para os honestos, para os honrados nunca houve hora em que não se abrisse.

— Irei amanhã.

— É o dia marcado pelo armênio.

— Marcou ele também a hora?

— Disse que do dia e da hora a escolha lhe pertence e que do dia e da hora depende a condição benigna ou maléfica do socorro que lhe poderá dar.

— E qual a hora mais propícia?

— Não quis dizer.

— Em todo caso terei luz para os meus olhos?

— Terá, conforme ele assevera.

— Depois da meia-noite começa o dia de amanhã: irei depois da meia-noite... estou ansioso... irei, se a sua bondade chega a tolerar a minha visita em horas, em que o descanso e o sono é um direito de todos.

— Hei de velar esta noite; não creio na magia; quero, porém, desejo e peço uma segunda experiência do poder desse armênio, que se presume mágico, e se julga capaz de realizar impossíveis.

— Espere-me, pois, que eu irei.

— Quer que previna o armênio?...

— Como lhe parecer melhor.

— Em tal caso prefiro experimentar, se espera e adivinha a sua visita. Não o prevenirei.

— Conte pois comigo; mas... depois da meia-noite.

— Por que tão tarde?...

— Não sei: instintivamente desejo falar ao armênio em hora mais próxima do dia...

— Achar-me-á velando.

O Reis levantou-se e, depois de me apertar a mão, retirou-se.

VIII

Fiquei só, refletindo.

Eu ia de novo recorrer à magia, e, se alcançasse outra e igualmente poderosa luneta, talvez expor-me de novo às perseguições do povo.

Ter uma luneta mágica para não usar dela, seria criar para mim o *martírio do Tântalo*[27].

Usar da luneta mágica novamente obtida seria perigo quase certo para minha segurança.

Reproduziram-se pois as minhas tristes apreensões, e os meus cuidados, e se me antolhava um tormento que ainda não provara, a certeza da visão, ou a impossibilidade de exercê-la pelo medo da perseguição...

Portanto era minha sina sofrer sempre, ser sempre como o proscrito dos homens!

E todavia em todo caso eu desejava, eu queria poder ver.

Mas se a magia era uma ciência sobrenatural, porém verdadeira, pois que operava as maravilhas que eu experimentara, e contava ir experimentar, por que não poderia ela também livrar-me da reprovação pública e torná-la mesmo se não em estima ao menos em tolerância ou indulgência?

Resolvi-me a falar sobre este assunto ao mágico, a quem reputo capaz de realizar impossíveis.

Não compreendo, não posso admitir a pertinácia, com que o meu amigo Reis nega-se a reconhecer o miraculoso poder do armênio.

Ou eu me engano muito, ou anda aí receio pueril de expor-se ao ridículo, e de passar por explorador de suposto charlatanismo na opinião dos espíritos fortes.

---

27 *Martírio de Tântalo*: Rei da Lídia, foi castigado por Zeus (Júpiter) por ter matado seu próprio filho para servir aos deuses, num festim. Tântalo foi amarrado a uma árvore cheia de frutos, no meio de um límpido regato. Porém padecia fome e sede, pois não podia beber nem comer. Píndaro representa Tântalo em cima de um rochedo, cuja queda ameaça constantemente sua cabeça. A expressão *martírio de Tântalo* passou a designar a pessoa obrigada a abandonar o que possui, ou a formar desejos que, quase realizados, acabam sempre por não se concretizarem. (N.E.)

Os espíritos fortes! Não conheço espíritos mais fracos do que esses que se dizem fortes. A sua força consiste na negação de tudo quanto não podem explicar ou pelos sentidos ou pela sua razão que só resolve dentro do círculo das ideias que recebe pelos sentidos. A sua negação é pois um trono consagrado à ignorância, e firmado no materialismo.

Dantes eu não sabia reconhecer a profundeza destes erros filosóficos; graças porém à influência da minha luneta mágica, e principalmente à visão do mal, acho-me curado da minha miopia moral.

Faz-me pena, não digo a incredulidade, porque não a admito, mas a obstinação do meu amigo Reis.

Um homem que tem nas suas oficinas um mágico da força do armênio, e mágico que lhe oferece prodígios, teima em não querer experimentar ao menos a capacidade extraordinária, os trabalhos estupendos desse esclarecido adepto da cabala!!!

Só o receio do ridículo, e o respeito exageradíssimo aos *espíritos fortes*, pode explicar semelhante procedimento.

Pois eu tenho para mim que em proveito da humanidade, e em especial serviço ao público brasileiro, devo comprometer tanto quanto me for possível o Reis.

Se eu conseguir, como espero, segunda luneta mágica tão admirável como foi a primeira, anunciarei pelos jornais a existência do armênio nas oficinas do Reis, e a diversidade e surpreendentes condições dos instrumentos óticos que ele pode temperar no fogo da magia.

Tenha o amigo Reis paciência, hei de comprometê-lo, e as justas exigências dos seus fregueses e do público o obrigarão a aproveitar-se da habilidade mágica do armênio, e a facilitar a todos os instrumentos óticos por este preparados.

Se assim não quisesse, cumpria-lhe não ter e não conservar esse mágico em suas oficinas.

■

IX

Empreguei tanto tempo nestas reflexões, que de súbito as interrompi, quando o guarda do jardim veio dizer-me que era tempo de retirar-me, pois ia trancar as grades.

A noite se adiantava.

Deixando o jardim, pensei que não me convinha recolher-me a casa.

Meu irmão, minha tia, e a prima Anica bem poderiam desconfiar do meu primeiro e prolongado passeio depois da inutilização da luneta mágica, e ficando alerta, embaraçar a minha saída de casa em desoras.

Achei prudente este juízo, e resolvi-me a matar o tempo, passeando pelas ruas desertas da cidade.

E passeei... e andei, como o *judeu errante*[28]; ninguém me perguntou quem eu era, nem me espiou os passos.

Míope, nada vi; mas distraí-me, ouvindo o ruído anunciador da negligência da autoridade pública.

Ouvi o ressonar de mais de um indigente que dormia nos degraus do alpendre de uma igreja, e perguntei a mim mesmo se não havia na capital do Império um asilo para a indigência sem teto, para a miséria esfarrapada e sem recurso.

Ouvi as juras e os protestos de jogadores infelizes ou roubados, que saíam em furor de uma casa, onde se cantavam árias italianas ao som do piano na sala da frente, e se arruinavam fortunas ao *lansquenê*[29] em alguma sala do interior; e perguntei a mim mesmo por que a polícia, que invade a alçada de todos os poderes do Estado, não manda trancar as portas das casas públicas de jogo, onde tantos mancebos devastam as riquezas de seus pais, tantos caixeiros fazem paradas à custa das gavetas dos amos, tantos inespertos são criminosamente despojados por jogadores trapaceiros.

Ouvi o estrépito da orgia das famosas mulheres impudicas, e dos velhos ricos, e jovens viciosos que de copo de champanha em punho, e com a voz da lascívia nos lábios, entoavam cantos obscenos em honra do ridículo da velhice, da corrupção da mocidade, e do desavergonhamento da nudez e do opróbrio do sexo, do recato, do pudor, e da honestidade; e perguntei a mim que exemplo davam aos filhos esses velhos, que esperanças davam à pátria esses jovens, que futuro esperavam as esposas e as filhas dos primeiros, as mães e as irmãs dos segundos.

Ouvi...

Deus me livre de dizer tudo quanto ouvi, rebentando do interior de certas casas, ou falando sem reserva nas ruas ao ruído abafado ou à algazarra vergonhosa do vício em dissimulação ou em desenvoltura.

Ouvi finalmente no dobre de alguns sinos o sinal de três horas da madrugada, e dirigi-me então à Rua do Hospício.

Como da primeira vez o Reis me esperava à porta de sua casa.

---

28 *Judeu errante*: Segundo a mitologia medieval, seria um judeu que ofendeu Jesus em seus últimos momentos. Este lhe teria dado a seguinte sentença: "Caminharás pela Terra até que eu volte". O sentenciado iniciou sua peregrinação, sem descanso, sem túmulo para repousar. A expressão *judeu errante* tornou-se símbolo daquele que anda sem destino. (N.E.)

29 *Lansquenê*: Jogo de azar, semelhante ao trinta e um. (N.E.)

Entrei.

Eu achava-me fatigado do longo passeio e pedi licença para descansar alguns momentos.

Sentei-me e respirei afadigado.

O Reis se conservou em silêncio até que lhe perguntei:

— O armênio?

— Sem dúvida está no seu gabinete; não o preveni.

— Eu não posso ver o que porventura terá de se passar dentro em pouco; conto com a sua condescendência para referir-me por miúdo o que não me é dado apreciar pela vista.

— Pode estar certo disso.

— Bem; já descansei: vamos procurar o armênio.

O Reis tomou-me o braço e disse:

— Vamos; se ele é, como pretende, verdadeiro mágico, deve ter adivinhado a sua visita; se o não é, surpreendê-lo-emos ou descuidado, ou dormindo.

E tínhamos apenas avançado um passo, quando o armênio mostrou-se à porta do fundo do armazém, trazendo na mão uma lanterna furta-fogo.

— Eu adivinhei a tua visita, mancebo, disse ele.

E fitando o Reis, acrescentou:

— Reconheça-me pois verdadeiro mágico.

O Reis não respondeu; evidentemente ficara confundido.

O armênio adiantou alguns passos para nós, e dirigindo-se a mim, disse-me:

— Criança! não te acuso pelo que fizeste: a tua desobediência aos meus conselhos era um fato previsto pela magia; és homem, tinhas de errar, como erraste.

— Não errarei outra vez, balbuciei humildemente.

— Errarás sempre, tornarás a desobedecer-me.

— Não!

— Vê-lo-ás.

— Então conseguirei deveras outra luneta mágica?

— Sim, se a exiges.

— Peço-a de joelhos.

— Criança! para que teimas em querer ver?...

— Porque ver é viver.

— Eu te anunciei da outra vez que o que me pedias era o mal, o gelo no coração, o ceticismo na vida, e sabes que não te enganei.

— Mas ao menos *eu vi*, e agora de novo me acho cego.

— Criança! tu escolheste um dia benéfico, um domingo, uma hora propícia, a que antecede apenas ou vê despontar a aurora; ainda assim porém tu verás demais!

— Embora!

— Pedes-me uma segunda luneta mágica que te será fatal como a primeira.

— Já tenho por mim a experiência.

— Será o engano infantil na vida...

— Aceito!

— Será a credulidade insensata.

— Aceito!

— Será a inocência indefesa.

— Aceito!

— Será a zombaria do mundo e a cegueira da razão.

— Aceito!

— Por quê, criança?...

— Porque eu quero ver.

— Verás demais!

— Aceito.

— Eu o sabia, e tanto que o altar está pronto e nos espera; já evoquei os espíritos elementares: nada falta; vamos.

Mas ao primeiro passo, o armênio levantou a lâmpada, inundou-nos de luz, e disse:

— Trazes vestidos de cor preta, que é antipática a *Júpiter*[30], cujo dia é hoje...

E fez com a mão um sinal que eu não vi com os olhos; mas a que obedeci, ficando imóvel, e como preso ao lugar que meus pés pisavam.

O armênio saiu do armazém para ir ao seu gabinete.

O Reis silencioso, eu estático, respirávamos apenas, dominados pelo prestígio do mágico que em breve tornou a aparecer, trazendo uma túnica de pano branco bordado de triângulos de prata.

Cumprindo as ordens do mágico tirei a sobrecasaca, o jaleco e a gravata que eram de cor preta, e vesti a túnica.

— Agora vamos, repetiu ele.

O Reis e eu seguimos em silêncio o mágico.

---

30 *Júpiter*: Na mitologia romana, era o deus principal. Correspondia a Zeus, o rei dos deuses para os gregos. (N.E.)

XI

Não pude ver o que se passou desde que entramos no gabinete do armênio até o fim da operação mágica; referirei porém o que o meu amigo Reis me contou com inteira verdade e profunda admiração.

Cumpre-me declarar que o meu amigo insiste em não acreditar na magia; confessando porém não poder explicar e menos negar os prodígios de que foi pela segunda vez testemunha.

O Reis jurou culto e fé às ciências físicas e fanático por elas não quer ver o maravilhoso e o sobrenatural que lhe está entrando pelos olhos, nem sentir o que está tocando os seus sentidos.

Todavia leal e nobre, o meu amigo referiu-me quanto viu o que vou repetir, e apelo para o seu testemunho que é insuspeito por ser testemunho de incrédulo.

O armênio que nos conduziu ao seu gabinete, trajava vestido de púrpura com tiara e braceletes de ouro; trazia no dedo competente anel de ouro com um rubim, e na cabeça barrete ainda de púrpura com o pentagrama bordado de prata.

A porta do gabinete mágico abriu-se em par a um simples aceno da mão direita do armênio.

O interior do gabinete estava resplendente de luz, e todo ornado das mesmas figuras e símbolos da cabala, que na primeira operação mágica se observaram; as cores porém eram outras e diferentes; as paredes estavam pintadas de vermelho vivo, tendo em cor de ouro as vinte e duas chaves do Tarot, e os sinais dos sete planetas; o teto era azul como o céu no dia mais sereno, tendo no centro a figura do pentagrama fulgurando, como se fosse fogo, como se tivera tomado de empréstimo o brilho do sol mais ardente.

A mesa que servia de altar da magia mostrava-se coberta com um imenso pano branco, alvíssimo, tendo figuras cabalísticas sem-número bordadas em ouro. O chão era tapizado de peles de leão, que conservavam o aspecto exterior das cabeças dessas feras, e cujos olhos flamejavam abertos.

Os instrumentos da magia, os símbolos que enchiam o altar e o gabinete eram ainda os mesmos, a vara mágica porém tinha terminando-lhe a ponta um quase imperceptível triângulo de ouro.

Coroas de *louro* e de *heliotrópio*[31] ornavam o altar, no qual a figura sinistra do diabo fora substituída por uma pomba, em cujo peito aberto entrava uma serpente que lhe mordia e devorava o coração.

---

31 *Louro* e *heliotrópio*: Plantas aromáticas. As coroas feitas de louro simbolizavam, na Antiguidade, a glória que se obtinha por ações nobres e grandes, ou pelo talento artístico. (N. E.)

Nós tínhamos penetrado no gabinete, e o mágico se sentara e se concentrara.

Um galo cantou seguidamente três vezes.

O armênio levantou-se e bradou: "Uriel! Zadkiel! Gehudiel!... Oriphiel!...".

E na parede sobre o altar esses quatro nomes surgiram em caracteres de fogo, como as palavras proféticas no festim de *Baltasar*[32].

O mágico tomou em suas mãos a lâmpada mágica que estava já ardente, e levou-a, dando três passos para o lado do Ocidente, e depois depositou-a outra vez no altar; mas no ângulo ocidental dele.

Em seguida firmou no meio do altar sem esforço nem artifício apreciável um finíssimo tubo de vidro azul de palmo e meio de altura e de diâmetro igual em toda sua extensão, tendo a meia polegada da extremidade inferior um orifício em que a custo entraria um fio de seda, e na extremidade superior um triângulo de ouro perfurado, e apenas perceptível.

Sobre esse triângulo o armênio colocou o vidro côncavo destinado à luneta: o equilíbrio, a firmeza do tubo de vidro sobre o altar, do vidro sobre o triângulo não tinha explicação aceitável; mas era real.

O galo cantou de novo três vezes.

O mágico estendeu o braço para tomar a vara mágica; mas ouvindo o piar de uma coruja, empunhou a espada e manejou-a no espaço, exclamando: "Zadkiel! Zalriel! Oriphiel!".

O piar da coruja cessou, o galo repetiu seu canto, e o armênio atirou longe de si a espada, de cuja ponta saiu uma flama que foi embeber-se no pentagrama que radiava no teto.

Tomando então a vara mágica, o armênio mergulhou o triângulo em que ela terminava a sua ponta na flama da lâmpada e dela tirou e levou um fio de fogo até o orifício do tubo de vidro azul.

O tubo acendeu-se, ou pareceu acender-se todo. O mágico lançou imediatamente sobre a flama da lâmpada cinamomo, incenso, açafrão, e sândalo rubro, e o fumo perfumado foi sair pela extremidade superior do tubo de vidro, envolvendo em ondas aromáticas o vidro côncavo que descansava sobre o triângulo de ouro.

Pela terceira vez o galo cantou três vezes, e não se ouviu piar de coruja.

O armênio radiante e ufanoso levantou o braço e firmou a vara mágica uma polegada acima do vidro côncavo, e do triângulo do vidro azul em fogo.

32 *Baltasar*: Segundo a Bíblia, Baltasar foi o último rei da Babilônia. Durante um festim, profanou os vasos sagrados levados do templo de Jerusalém. Apareceram, então, numa parede à sua frente, as palavras *Mane*, *Tecel* e *Fares*, que o profeta Daniel interpretou como o fim do rei, o que se deu naquela mesma noite. (N.E.)

Um minuto depois uma faísca cor de sangue negro saiu do fogo do vidro azul e pregou-se no triângulo da vara mágica; mas o armênio sacudiu três vezes a vara, dizendo: "*gnomo*! para os vulcões!"

E a faísca apagou-se.

Dois minutos depois outra faísca amarela desmaiada, rompendo do vidro azul, foi tocar no triângulo de ouro da vara mágica; mas o armênio bradou: "ondina! para o seio das fontes e para o fundo dos mares!"

E a faísca logo se apagou, como a primeira.

Três minutos depois terceira faísca, e essa cor de sangue negro surgiu do mesmo ponto e pareceu querer embeber-se na áurea extremidade da vara mágica; o armênio porém bradou: "salamandra! para o fogo do inferno!"

E a faísca se apagou e o solo e a casa estremeceram debaixo de nossos pés.

E no fim de quatro minutos ainda uma faísca brilhante se desprendeu do vidro azul, e começou a embeber-se no ângulo em que terminava em ponta o triângulo da vara mágica.

— Quaternário! exclamou o armênio; absorve-te, e depois liquefaz-te, silfo, e liquefeito, te exagera no bem!

E a faísca pouco a pouco se foi embebendo na fina ponta da vara mágica, que ainda ficou imóvel e firme sobre o vidro côncavo...

Passou um minuto, e caiu da ponta da vara mágica uma gota d'água semelhante a uma lágrima no vidro côncavo, que a absorveu.

E a pomba que tinha o peito aberto exalou um gemido.

Passaram dois minutos, e caiu da ponta da vara mágica outra gota d'água, outra lágrima, que também se embebeu no vidro côncavo, e a pomba cujo peito estava aberto, e o coração era mordido pela serpente, gemeu duas vezes.

Passaram três minutos e terceira gota d'água, terceira lágrima caiu da ponta da vara mágica, e foi embeber-se no vidro côncavo, e a pomba que mostrava o peito aberto e a serpente a morder-lhe e a devorar-lhe o coração, gemeu três vezes.

— Ternário! exclamou o armênio e abaixou a vara mágica.

O gabinete que parecera arder em incêndio de repente passou a mostrar-se em suave luz de crepúsculo da tarde.

O armênio retirou da extremidade do vidro azul, cujo fogo se apagara, o vidro côncavo, lavou-o com água perfumada que derramou da taça mágica, enxugou-o com o pano que forrava o altar, armou-o em um finíssimo aro de prata, imprimiu neste o selo cabalístico, e enlaçou no anel da luneta um fio de cabelo loiro, que engrossou subitamente, tomando a forma e proporções de um trancelim de ouro.

Logo depois o armênio pronunciou uma palavra cabalística, cujo sentido só ele compreendeu, e por breves momentos a luz se apagou e reinou a escuridão.

Ouvimos um grito: — retorno!...

O grito pareceu-nos vir de fora e de longe, e logo duas janelas se abriram no gabinete, e o raiar suave da aurora, e o despontar do dia deu-nos a claridade duvidosa e romanesca que precede ao esplendor do sol.

O gabinete mágico desaparecera por encanto: achamo-nos o Reis e eu diante do armênio em um quarto modesto, de paredes brancas e nuas, contando apenas em seu interior uma rude mesa, uma cadeira, e um leito humilde.

— Sou o pobre que dá tesouros, disse o armênio.

E entregando-me a luneta, continuou:

— Dou-te pela segunda vez uma luneta mágica: verás por ela quanto desejares ver; verás muito; mas poderás ver demais. Criança! dou-te um presente, que te pode ser funesto; ouve-me com atenção: não fixes esta luneta em objeto algum, e sobretudo em homem algum, em mulher alguma por mais de três minutos; três é o número simbólico e para ti será, como na outra, o número simples, o da visão da superfície, e das aparências: não a fixes por mais de três minutos sobre o mesmo objeto; porque além de três minutos, hás de ter a visão do bem, que o meu poder de mágico não te pode impedir, pois a visão do bem será a vingança do silfo que escravizei para teu serviço.

— Eu te obedecerei! respondi.

— Hoje mesmo me desobedecerás, tornou o armênio com voz lúgubre.

— Não! juro que não!

— Vê-lo-ás, tornou ele, e prosseguiu: terás a visão do bem e hás de ser por ela infeliz; verás demais no presente, e poderias ler no futuro, fixando-a por mais de treze minutos sobre o mesmo objeto; eu tenho porém piedade de ti, e te proíbo ainda a vidência do futuro: Cashiel! Schaltiel! Aphiel! Zarabiel! eu impeço a vidência do futuro a este mancebo, e esta luneta quebrar-se-á em suas mãos antes do décimo quarto minuto de fixidade.

E mal acabou de falar, o armênio deitou-se no seu leito, fechou os olhos, e imediatamente dormiu.

XII

O meu amigo Reis levou-me do gabinete do armênio para o armazém.

— E então? perguntei-lhe...

— Não sei... não sei... não sei... repetiu o Reis, respondendo-me; este homem parece o demônio...

— Duvida ainda?

— Não posso explicar o que testemunhei; mas duvido sempre.

— É demais!

— Vá ensaiar a sua luneta, e volte a dizer-me o que ela é; preciso saber tudo...

Foi só ouvindo esse convite do meu amigo Reis que me lembrou o pedido importantíssimo que eu devia fazer ao mágico.

— Ah! exclamei; esqueceu-me pedir ao armênio algum encanto, algum talismã que me pusesse a salvo da perseguição popular. Eu não poderei usar a minha luneta sem expor-me aos maiores perigos...

— Podes! disse uma voz grave: nada receies.

Era o armênio que se mostrara à porta do fundo do armazém, e que apenas acabou de pronunciar essas palavras, se retirou, desaparecendo como uma visão misteriosa.

Despedi-me logo depois do meu amigo Reis que ficara mudo de surpresa e admiração.

Era dia; venci porém a minha ardente ansiedade, resolvido a fazer o primeiro ensaio da minha nova luneta mágica em minha casa, a sós, e livre de qualquer curioso observador.

FIM DA INTRODUÇÃO

VISÃO DO BEM

■

I

O armênio é um mágico sublime.

A minha nova luneta é na visão das aparências ou igual ou superior à primeira.

Agora sim, creio que devo e posso considerar-me feliz; feliz porque possuo tão precioso instrumento ótico, feliz porque me é dado usar dele sem perigo.

Fiz o primeiro ensaio da minha nova luneta mágica, fitando-a de longe e às ocultas sobre os meus três parentes, e vi-os, distingui as feições de qualquer deles como as distinguira com a outra luneta, e até cheguei a ver mais, pois percebi um sinalzinho azul no meio da face esquerda da prima Anica, sinalzinho que lhe dá na verdade uma certa graça ao rosto.

Seguro da força do maravilhoso instrumento ótico, aumentou ainda mais a minha confiança no armênio, e resolvi logo pôr em prova a certeza que ele me dera de que eu poderia sem receio de perseguição ou de perigo algum usar da minha luneta mágica.

Apesar disso cumpre-me confessar que foi com algum abalo do coração e com a mão trêmula, que ao sentar-me à mesa do almoço em companhia dos meus três parentes, prendi a um dos olhos por dois minutos a luneta mágica.

— Oh! temos nova luneta? disse sorrindo o mano Américo.

— É verdade, e ótima, como... a outra.

— Como a outra não, observou a tia Domingas; esta me parece diferente e não me faz mal aos nervos, como aquela que felizmente se quebrou.

O meu espanto não pôde ser maior.

— Vê bem? Vê muito?... perguntou-me a prima Anica, cheia de curiosidade.

— Bem e muito, respondi.

— Que tenho no meu cabelo?

— Uma rede de retrós, que os contém.

— No meu peito?

— Um amor-perfeito.

— Nas minhas orelhas?...

— Nada; não traz brincos.

— É estupendo!

— Assim o penso.

— Por que não conserva fixada a sua luneta?

— Porque além de três minutos de fixidade eu veria mais do que devo e quero ver.

— O mal?

— Não; o bem.

— Ora! experimente em mim.

— De modo nenhum: o mágico me aconselhou que o não fizesse.

— Eu lho peço.

— Deus me livre de obedecer-lhe, Anica.

— Empresta-me a sua luneta por cinco minutos?

— Sem dúvida.

Passei a luneta à prima Anica, que apenas fixou-a, exclamou, retirando-a:

— Ah!... nada posso ver.., e que peso sobre os olhos... que fogo...

— É efeito da magia...

— Quando eu digo que há mágicos de Deus, e mágicos do diabo, não querem me acreditar!... observou a tia Domingas.

— Ora pois, mano Simplício, disse meu irmão; conserve cuidadoso a sua boa luneta...

— Olhe-me com ela! tornou a prima Anica.

Fiz-lhe a vontade, olhei-a por dois minutos.

— Como me acha?

— Lindos cabelos, e rosto a que um sinalzinho azul na face esquerda dá tal encanto...

Anica interrompeu-me desatando a rir; mas com evidente satisfação da sua vaidade de moça.

Eu estava como assombrado.

Que mudança de ideias e de prevenções, e de apreciações relativamente à luneta mágica!

Quem pudera dizer aos meus parentes que a minha nova luneta não era como a outra, e que em vez da visão do mal, continha o poder da visão do bem?

Como isto aconteceu não sei; mas aconteceu.

Evidentemente eu não tinha perseguição, nem perigos a recear.

O armênio salvara-me.

O armênio é verdadeiro mágico.

II

Acabado o almoço, e depois de abraçado e ardentemente felicitado pelos meus três parentes, de quem ainda continuava a desconfiar muito, voltei ao meu quarto com a alma repleta de consolação, de alegria, e de entusiasmo.

Creio que entrei no meu quarto, saltando jubiloso, como um candidato da oposição que se vê eleito deputado depois de uma dissolução da câmara temporária, ou como um mancebo namorado que após resistências cruéis da família da amada, recebe a decisão ditosa, que lhe dá as glórias de noivo.

Beijei mil vezes a minha luneta mágica e mil vezes jurei que seria acautelado e prudente, que me contentaria com a visão das aparências e que nunca iria além de três minutos procurar a visão do bem.

Entretanto a visão do bem era uma coisa que não podia fazer mal!...

Esta ideia já havia entrado por mais de uma vez no meu espírito: ver o bem! Eu tinha sofrido tanto, vendo em tudo, em todos, e por toda parte o mal, que ver o bem poderia ser uma agradável compensação, uma profunda consolação para mim...

Mas eu jurara a mim mesmo obedecer fielmente aos conselhos do armênio, e portanto venci, esmaguei o meu desejo de ver o bem.

Hei de, protesto que hei de contentar-me com a visão das aparências: é duro, é triste o privar-me da visão do bem; não a quero porém; juro que não me exporei a essa visão que o armênio reputa inconveniente.

A visão do bem deve ser deliciosa! mas não a quero; não sou criança louca; sou homem de juízo, e de força de vontade: não quero, não terei a visão do bem.

III

Lembrou-me o meu amigo Reis.

O Reis! tenho pena dele.

A incredulidade do meu amigo Reis é mais do que pertinácia no erro, é um atentado contra os direitos do público que por ela se vê privado de instrumentos óticos temperados pela magia do armênio, e que podem vulgarizar maravilhas.

O meu amigo Reis é incrédulo; eu porém não sou egoísta, não quero para mim só os milagres que o armênio é capaz de realizar.

Conscienciosamente entendo que em proveito de todos devo atraiçoar o meu amigo Reis, publicando o que sei e o que obtive do armênio, e o que o armênio é capaz de dar, enriquecendo, sublimizando, tornando mágicas as oficinas, que alimentam o armazém do Reis.

Que me cumpre fazer? É claro: vou redigir uma notícia do que obtive e consegui das oficinas do Reis, vou denunciar a existência do armênio, e a sua extraordinária habilidade em magia, vou obrigar, forçar o meu amigo Reis a satisfazer aos seus fregueses, tornando público o que o armênio se declara pronto a realizar em matéria de instrumentos óticos encantados ou mágicos. É um serviço que devo prestar ao meu país e ao mundo.

Entusiasmado fixei a luneta, tomei a pena e comecei logo a escrever:

NOTÍCIA IMPORTANTE

"O abaixo-assinado, possuidor de uma nova e não menos admirável luneta mágica que, por grande favor obteve do Sr. J. M. dos Reis, em cujas oficinas na casa de instrumentos físicos etc., à Rua do Hospício nº 71 trabalha um armênio que é profundamente amestrado em magia, julga do seu dever publicar um segredo que não convém ser por mais tempo guardado.

"O Sr. J. M. dos Reis, teimando em não acreditar na magia, nega-se a aproveitar-se dos oferecimentos do armênio, prejudicando assim os seus interesses e os do público.

"Informo pois que o armênio, a quem devo a luneta mágica, se propõe a preparar para que o Sr. J. M. dos Reis exponha à venda no seu armazém, vidros e instrumentos óticos de assombrosas condições; espelhos que refletem a imagem dos velhos com o viço da mocidade passada, óculos, binóculos e lunetas que fazem ver o que se passa e o que há a muitas centenas de léguas de distância, no leito dos rios, no fundo dos mares, no seio da terra..."

Oh!... que fiz eu? Que estou vendo?... meu Deus!... é a visão do bem!...

Escrevendo, esqueci o tempo, passaram mais de três minutos, e, como predissera o armênio, hoje mesmo desobedeci aos seus conselhos!

Pequei involuntariamente; como porém é bela e suave a visão do bem!

As palavras que eu acabava de escrever me pareceram acendidas em brando fogo em que brilhavam generosos sentimentos... as palavras escritas falavam a meus olhos, a incredulidade do Reis exprimia a nobre severidade da ciência e o escrúpulo da religião, a capacidade magistral do armênio revelava o inocente e benéfico poder da magia que os homens não compreendem, e por isso apreciam mal, a notícia escrita por mim transpirava de todas as linhas, de todas as palavras, de todas as sílabas o amor da humanidade. Em tudo e em todos somente sentimentos nobres e doces virtudes.

Que prazer! que delícias experimentei e estou experimentando!

Ah! por que o armênio havia de aconselhar-me a não usar da visão do bem?

Por que privar-me destes gozos que fazem sorrir a alma beatificada pela pureza e santidade do sentimento?...

Que mal pode provir do bem?...

Eu me senti feliz, imensamente feliz...

Completei a notícia, acrescentando ao que tinha escrito, o seguinte período:

"Ao público, e especialmente aos fregueses do Sr. J. M. dos Reis cabe o direito de à força de pedidos, empenhos, e reclamações coagi-lo a vencer a sua incredulidade, e a aproveitar os oferecimentos do armênio mágico para facilitar ao público e aos seus fregueses todos os instrumentos óticos e maravilhosos espelhos encantados pela magia".

Datei a notícia, assinei-a com o meu nome e imediatamente mandei tirar dela três cópias, para que no dia seguinte aparecesse ao mesmo tempo em todas as gazetas diárias da cidade do Rio de Janeiro.

IV

Que mal pode vir do bem?

Devo abster-me da visão do bem depois de haver experimentado uma vez as sensações mais deliciosas, a suavíssima consolação que ela assegura?

O armênio me aconselhou que me abstivesse da visão do bem, declarando-a tão perigosa como a visão do mal; eu porém involuntariamente já infringi esse preceito do mágico...

Se há perigo na visão do bem, já pois inadvertidamente me expus a ele...

A falta, a desobediência estão cometidas...

Ainda mais: o armênio afirmou que *hoje mesmo* eu desobedeceria aos seus conselhos, e assim aconteceu sem que da minha parte houvesse intenção premeditada.

Portanto o que aconteceu tinha de acontecer.

Não seria estulta vaidade pretender levantar-me contra a fatalidade, resistir à lei da magia?

E a visão do bem me foi tão agradável!

Se eu não pude vencer o encantamento da visão do mal, que me fazia sofrer tanto, como poderei triunfar do encanto da visão do bem, que é tão deleitosa?...

Eu não sei se estou sofismando para me enganar a mim próprio, imaginando, inventando escusas e desculpas com o fim de serenar a minha consciência, que escrupulosa me repete os conselhos do armênio; sei porém e confesso que a curiosidade, um desejo irresistível me impelem com a mais viva força para o gozo da visão do bem, que já me encheu a alma de felicidade e de contentamento.

Eu sinto que há verdade e enlevo, beatificação da vida, amor da terra e dos homens, sorrir do coração, luz do céu iluminando a terra na visão do bem.

Quaisquer que sejam os perigos a que me arrisque pela visão do bem, de boa vontade os arrostarei.

É impossível que eu me torne desgraçado por ver o bem.

Perdão, armênio! doravante vou desobedecer-te intencionalmente. Visão do bem! eu te quero, eu te adoro, eu te bendigo, e te aceito para guiar-me no caminho da vida.

V

Fixei a luneta e cheguei-me à janela do meu quarto: vi a prima Anica debruçada à janela do seu.

Lembrou-me a ideia que dos sentimentos dessa moça egoísta, fria, incapaz de amar, eu fizera pela visão do mal, e retirei a luneta com repugnância.

Momentos depois a reflexão me acudiu; e compreendi que exatamente pelo conhecimento que eu já tinha daquela mulher-cálculo, mulher-aritmética, mulher mais terra do que céu, mais matéria do que espírito, mais pó do que alma, era nela que melhor experimentaria a visão do bem.

E fitei a prima Anica, que parecia estar meditando.

Vi-lhe o rosto que eu conhecia, o sinalzinho azul que o engraçava, os cabelos formosos, e...

Passaram os três minutos, e o coração e a alma de Anica se abriram, se patentearam ao meu espírito perscrutador.

Oh! como fora caluniadora e perversa a visão do mal!

Anica é um anjo de inocência e simplicidade, e ao mesmo tempo uma senhora de juízo reto e de exemplar virtude. O que eu julgara nela gelo do coração era virginal recato, o que eu tomara por cálculo material e egoísta era a reflexão e a sabedoria instintiva de uma mulher-modelo; zelosa, sem ciúmes rudes e ridículos, econômica sem vileza, amante sem paixão em delírio, serena, complacente, dedicada, livre do amor da ostentação e do luxo, de costumes simples, estremecida pela família, paciente, suave, meiga, Anica é a mulher que reúne todos os dotes para felicitar o homem que for seu esposo.

Encontrei a minha imagem na alma de Anica; não porém como a visão do mal ma mostrou: encontrei-a amada, ternamente amada, encontrei-a cercada dos cuidados e do interesse de um sentimento tão profundo como generoso que só lembrava a minha fortuna, a minha riqueza, com o receio de que fossem motivos que, excitando a ambição de alguma outra mulher, prejudicassem às aspirações do seu amor desinteressado e puro.

Vi na alma de Anica também a imagem do mano Américo, mas somente afagada por inocente e mimosa afeição fraternal.

Horizonte sem nuvens, mar sem tempestades, céu de lua cheia luminoso e sereno, jardim de belas flores sem espinhos, terra de solidão sem florestas negras, nem abismos, nem antros de feras, tranquilidade sem tristeza, saudade sem amarguras, flama sem incêndio, recato, modéstia, melindre, abnegação, amenidade, eis o que é a prima Anica.

De súbito ela volveu os olhos para a minha janela, percebeu que eu a fitava com a minha luneta mágica e sorriu-se docemente para mim.

Que sorrir! Foi como um raiar de aurora.

Deixei cair a luneta, e quase me ajoelhei para adorar a angélica moça. Creio nos amores que de repente conquistam e escravizam os corações. Creio nas paixões que de improviso se acendem.

Creio nos amores e nas paixões que os romances nos descrevem inspirados em um momento pelos encantos de jovens formosas e de prestígio deslumbrante.

Creio; porque eu sinto que amo apaixonada e perdidamente a prima Anica.

Eu quero ajoelhar-me, prender-me aos pés desta moça gentil, mimosa, rica de virtudes, quero ajoelhar-me a seus pés, prender-me aos seus pés como se me prendessem as asas de um anjo, que em sublime voo me levasse à salvação, à glória suprema, ao céu.

Abençoada seja a visão do bem, se a prima Anica quiser aceitar a minha mão, o meu nome, e ser minha esposa, a santa companheira na minha viagem pela terra, a mulher unificada comigo nos trabalhos, e nos gozos da vida.

VI

Veio-me à ideia correr imediatamente à presença da tia Domingas e pedir-lhe em casamento a prima Anica; mas contive-me; porque me lembrou que devia para isso achar-me autorizado pela noiva, e porque desejei desfrutar o encanto de alguns dias de íntimas confidências, e de enlevo de namorados com a adorada moça.

Com a certeza que eu tinha de ser amado por Anica, e com a segurança da sua virtude, alguns dias de demora no pedido de casamento não podiam senão duplicar a minha felicidade com o aguçamento de honestos, mas ardentes desejos da posse do objeto amado.

Empreguei o resto do dia no estudo da tia Domingas, e do mano Américo pela visão do bem.

Indispensavelmente a visão do mal tinha sido a visão do diabo, que me fizera ver o contrário da verdade, e caluniar os mais santos corações, e os caracteres mais puros e generosos.

A tia Domingas era a devoção, a piedade personalizada. Aos pobres negava esmola à nossa vista, e semeava benefícios às escondidas: *era a caridade do evangelho*[33], o bem que fazia, só ela o sabia, e quando rezava, mais vezes suas orações eram por seus parentes e pelos estranhos, do que por si. No governo da casa economizava para matar a fome à indigência, e imaginava mil pretextos para ter mais que dar, e encobrir o que dava.

A tia Domingas era e é uma santa velha; o que ela faz em obras de caridade só Deus o sabe, e eu agora também o sei pela visão do bem.

O mano Américo é o tipo da dedicação fraternal: vive pensando em mim, negociando por mim, e explorando em meu favor e benefício as evoluções, revoluções, e combinações da Praça do Comércio.

Em sua abnegação sublime deixa intatas e não desviadas do emprego em que se acham as somas da sua riqueza própria, e, mercê de uma procuração que assinei, negocia com a minha fortuna, jogando na praça: se perde, perco eu e é justo; se ganha, tira dos lucros a sua porcentagem, o que é justíssimo; a prova da honradez e boa-fé do mano Américo é que a minha fortuna ainda não diminuiu um ceitil, embora não tenha aumentado por causa de alguns prejuízos consequentes de jogo infeliz.

---

33 *Era a caridade do evangelho*: Pela pregação de Jesus, para evitar o orgulho, o cristão não deve divulgar as boas obras que pratica. Segundo Cristo, uma mão não precisa saber o que a outra faz. (N.E.)

O que tem sempre aumentado é a fortuna do mano Américo que nunca perde, e ganha sempre; mas a isso nada tenho que dizer; porque o mano Américo só se ocupa de mim, e faz o sacrifício de jogar na praça somente com o meu dinheiro, e em tal caso quando há perdas, é evidente que eu devo carregar com elas, tanto mais que quando há lucros, meu irmão os reparte comigo.

É evidente que se o mano Américo jogasse na praça com os seus próprios recursos, ganharia somente para si, e eu não teria parte nos lucros.

Eu fora o mais vil ingrato se desconhecesse o que devo ao mano Américo.

A visão do bem acaba de mostrar-mo tal qual ele é. A sua prudência e sabedoria igualam à sua dedicação fraternal, e aos escrúpulos de sua probidade.

Com a minha luneta mágica eu poderia gerir perfeitamente os meus negócios; não incorrerei porém nesse erro; o mano Américo continuará a ser o depositário de toda minha fortuna, e a administrará e empregará absolutamente, como entender melhor.

Oh! quão aleivosa e envenenada, traidora e diabólica era a visão do mal! A que criminosos juízos sobre o caráter dos meus ótimos parentes me levou ela!

Ainda bem que posso enfim ver e apreciar a verdade, e pelo conhecimento da verdade viver a mais ditosa, e risonha das vidas.

Casar-me-ei com a prima Anica.

A tia Domingas será o gênio protetor da família, e o anjo da caridade que fará descer as bênçãos do céu sobre a nossa casa.

O mano Américo continuará a ser o árbitro, o regulador dos negócios da família, dispondo convenientemente dos nossos cabedais em proveito de todos.

E eu serei o egoísta, o desfrutador de tantos benefícios e de tanta felicidade sem trabalho, sem cuidados, só me ocupando do amor da prima Anica.

Abençoado seja o armênio!

Abençoada seja a luneta mágica que me deu a visão do bem.

VII

Eu tinha a febre da felicidade.

O mundo e a vida me festejavam o coração; eu desejava rir, divertir--me, folgar.

Em casa a tia Domingas e a prima Anica dormiam cedo, e eu senti-me contrariado pelas horas que havia de perder, deitando-me antes da meia-noite.

Acudiu-me ao espírito um pensamento extravagante, e talvez menos digno de quem já se considerava noivo: lembrou-me ir ao Alcázar Lírico, que nessa noite dava espetáculo e representação — não pedidos, nem para público de escolha —; mas da sua série ordinária e portanto menos contidos e mais livres.

Não refleti mais: decidi-me a realizar o meu intento.

À hora aprazada entrei pela primeira vez no tal teatro francês, de que tanto mal me diziam, e tomei um lugar no meio de numeroso concurso de homens e de mulheres.

Antes de tudo observei o teatro, cuja descrição não farei: achei-o bonito e cômodo, mas no fim de três minutos de exame, a luneta mágica encantou-me com a visão do bem.

Que injustiça fazem ao Alcázar Lírico: vi nele o contrário do que me informavam! Vi nele o ponto de reunião de todas as classes da sociedade, o jubiloso recurso de entretimento para os homens pobres que não podem pagar outro menos barato, e para as mulheres que degradadas pelo vício são repelidas da boa sociedade; vi nele a mais eloquente escola de moralidade pública pela exposição ampla e quase sem medida do comércio imoral e repugnante das criaturas desgraçadas que têm descido à última abjeção: melhor que as teorias e os conselhos de um pai austero, falava ali à mocidade o exemplo vivo dos perigos e das torpezas da devassidão. O Alcázar me pareceu enfim uma bela instituição filantrópica e filosófica, a *Ética de Jó*[34] ensinada pelas antíteses, a ostentação da grandeza da virtude pela observação da baixeza do vício.

Não pude compreender a razão por que o governo do Brasil ainda não concedeu subvenção ou loterias anuais para auxílio deste admirável teatro lírico francês!

Passei imediatamente a observar os espectadores de ambos os sexos, e antes deles as atrizes ou artistas.

Em breve me apercebi como que abismado em um dilúvio de arrebatadoras graças e dos mais generosos sentimentos. Não houve para a minha luneta uma só atriz francesa que não fosse prodígio; se nos primeiros três minutos uma me pareceu menos bonita, outra menos bem-feita, e outra menos

---

34 *Ética de Jó*: Segundo a Bíblia, Jó era um justo que provou sua fé suportando grandes sofrimentos. Passou a ser símbolo da pessoa que aprende as lições da vida através de grandes provações. O autor fala na "Ética de Jó ensinada pelas antíteses" porque no Alcázar Lírico podia-se aprender, mas pelo exagero de prazer e diversão. (N.E.)

engraçada, passados os três minutos veio a visão do bem obrigar-me a pagar a todas elas os justos tributos da minha admiração: esta atriz cativou-me pela sua rara e esquisita sensibilidade que a tornava por agradecida e terna incapaz de resistir à flama de quem em honra de sua beleza ia confessar-se, mostrar-se rendido a seus pés; aquela deu-me o mais sublime exemplo do amor do próximo; porque abrasada nesse religioso fogo de caridade, não sabia fazer exceção no seu amor do próximo, e amava todos os próximos, como a si mesma; aquela outra, vivo e surpreendente símbolo de humildade evangélica, condescendente e submissa dobrava-se à vontade alheia, e era a escrava de cem senhores.

Declaro que tive medo de apaixonar-me por todas essas generosas e santas criaturas, em cujos olhos ardentes, feiticeiros sorrisos, requebros de corpo, e estudadas posições, descobri somente a ambição inocentíssima de agradar, o impulso da sensibilidade a mais terna, o amor do próximo ou dos próximos o mais profundo, e a humildade cristã da santa moça submissa e pronta a ser escrava de novos senhores.

Evidentemente havia para o noivo da prima Anica verdadeiro perigo na observação repetida daquelas moças tão resplendentes de inocência e de candura; delas pois desviei a minha luneta mágica, e com o coração ainda palpitante de ternura, de enlevo, quase de entusiasmo, fixei-a no rosto de uma jovem que estava sentada perto de mim.

Cabelos castanhos e ondeantes, rosto oval e de cor pálida com uns longes roxos nas faces, olhos pretos e vivos, dentes brancos iguais e em contínuo rir de contínuo à mostra, o peito e os braços nus e os seios e as axilas por metade fora do vestido, mãos de vadia, cintura fina, os pés calçando botinas à *Benoiton* e atirados em exposição, palavra solta e louca, modos descomedidos, mobilidade febril, provocação e petulância, — eis a jovem em quem eu fixara a minha luneta mágica e que não podia contar mais de vinte anos de idade.

Era pois moça e bonita; mas trazia no olhar, no falar, no rir, no proceder, o letreiro da devassidão; causou-me dolorosa impressão; tive dó daquela mocidade pervertida.

Entre mim e ela estava sentado um velho de sessenta anos pelo menos, que todo empertigado a miúdo lhe falava ao ouvido, como o fazia também pelo outro lado um mancebo que evidentemente devia ser mais atendido.

A rapariga mostrava-se alegre e folgazona, e sem dúvida ria-se do velho, quando escutava os segredos do moço.

Animei-me a perguntar em voz baixa ao velho:

— Quem é esta... mulher?

— Não a conhece?... disse-me ele admirado.

— Confesso que não.

— Pois não conhece a Esmeralda?

— Esmeralda? É o seu nome de batismo?

— Quase todas as raparigas da classe desta adotam ou recebem o seu nome de guerra; a moça que está vendo a meu lado, chama-se Esmeralda pela paixão e preferência que lhe merecem as pedras desse nome: observe o adereço que ela traz ao pescoço.

— Com efeito é riquíssimo.

— Sei bem o que ele vale: custou-me os olhos da cara.

Voltei-me com repugnância, desviando outra vez a minha luneta mágica da figura daquela mulher desgraçada, e do rosto do velho ridículo e parvo.

Pouco depois mudei de lugar e encontrei-me com aquele mancebo meu vizinho que prazenteiro, gracejador e sempre jovial, tão indigno da minha amizade me parecera julgado pela visão do mal.

Já desconfiado dessa visão caluniadora, observei-o primeiro a alguma distância por mais de três minutos, e reconheci a perfídia da minha primeira luneta: o meu jovem amigo era o caráter mais igual, mais nobre e distinto que se podia imaginar.

Fui ter com ele, que me festejou com expansão de verdadeira alegria.

— No Alcázar!!! exclamou enfim; tu no Alcázar!...

— É verdade; começo a viver.

— Estás apenas meio perdido; mas eu vou te perder de todo.

— Como?

— Do Alcázar a uma ceia infernal é só um pulo: queres pular?

— Não entendo.

— Convido-te para cear com uma dúzia de demônios de ambos os sexos.

— Uma orgia...

— Pouco mais ou menos: *mademoiselle*[35] tem medo de se comprometer?

Corei da zombaria, e respondi:

— Aceito, se és tu que dás a ceia.

— Nessa não caía eu: quem paga a ceia é o tolo.

— E quem é o tolo?

— É o paio.

---

35 *Mademoiselle*: Palavra francesa correspondente à nossa *senhorita*. O termo tem, aqui, um sentido irônico aplicado a Simplício. (N.E.)

— E quem é o paio?

— É um animal que não conheces: é o velho que a Esmeralda depena.

— Conheço-o já; mas com que direito me convidas?

— O pateta do velho conta comigo e com um primo, de quem lhe falei, e que me faltou à palavra por causa de uma sobrinha, que celebra esta noite um batizado de bonecas: ficarás sendo meu primo durante a ceia, ou és mais tolo que o velho.

— Aceito o convite.

— Ainda bem, meu primo; principias a ter juízo.

■

VIII

À meia-noite o velho, dez alegres moças e outros tantos mancebos rodeavam esplêndida mesa.

Ridículo *Baco*[36] de cabelos brancos, o velho provocava a companhia ao ruído, às cantigas livres, às libações frequentes, à desenvoltura, à orgia enfim.

Mais bela e petulante que todas as suas companheiras, Esmeralda era digna rainha daquela festa, que me inspirava espanto e horror.

Esmeralda, impudica e doida, desnudava encantos que o recato esconde cuidadoso, deixando-os apenas adivinhar nas palpitações do peito que arfa. Ela tinha esvaziado as taças cheias de seis vinhos diversos, e pedia ainda champanha e conhaque!

Mísera bacante precisaria em breve que a levassem quase carregada para dormir em casa.

A bela moça embebedava-se!

Dentro em pouco faltava o juízo a quase todos: mulheres e homens se achavam aviltados, castigados pelos venenos da orgia e da depravação dos costumes.

Dois únicos dos convivas resistiam ao contágio fatal, o meu amigo, que bebera vinho com água, e eu, que bebera água com vinho.

— Primo, disse-me ele; estuda esta lição, e aproveita-a.

— Tens razão, respondi; é tempo de fazê-lo: devo e quero apreciar toda a ignomínia, e toda a imensa vergonha dos nossos sócios de orgia.

E fixei a minha luneta mágica sobre a Esmeralda embriagada.

---

36 *Baco*: Na mitologia romana, é o deus do vinho. Hoje, pode simbolizar o alcoólatra. (N.E.)

A princípio vi, o que tinha já apreciado, seus dotes físicos, sua gentileza que o vinho e a petulância apenas anuviavam; Esmeralda era ainda bonita apesar da embriaguez e da ignomínia; sem dúvida que o era, pois que eu o reconhecia, embora o sentimento que ela me inspirava fosse o da repulsão e do tédio, que nos causa a vista de um animal imundo.

Passaram porém os três minutos e começou a visão do bem.

Li com surpresa e enternecimento na alma da embriagada a história do seu passado e dos tormentos de sua vida.

Menina de coração angélico, mimoso tipo de sensibilidade, fora muito cedo vítima do crime; era pobre e órfã e uma parenta corrompida preparou-lhe sinistro sono, e vendeu-lhe a um monstro a inocência e a pureza; riram-se de suas lágrimas e a arrastaram para o vício; mas em breve despertando no meio da perversão, Esmeralda teve remorsos, detestou sua vida, foi mil vezes desgraçada; desejou amar e ser amada, como ama e é amada a senhora honesta; era porém tarde: o mundo já tinha marcado a sua fronte com o sinal negro da reprovação perpétua. Então principiou para a mísera vida do frenesi a que o desespero preside.

Na convicção tremenda do seu aviltamento embriaga-se todos os dias para esquecer a sua miséria moral, e para matar-se; sabe e sente que o conhaque queima-lhe as entranhas e lhe abrevia a vida; pelo sabor aborrece o conhaque, pelos seus efeitos adora-o; beberia fogo vivo, se o fogo vivo se bebesse.

O seu rir contínuo é o delírio da dor, a antítese das torturas do coração em convulsões dos lábios que fingem alegria.

Ninguém a despreza tanto como ela mesma se despreza, porque na pureza dos seus sentimentos e de sua sensibilidade adora a virtude, compreende a sublimidade do amor honesto, e se reconhece infame pela infâmia do vício.

Quando está só em casa, e vê passar uma jovem com o vestido branco e a virginal coroa de noiva no carro que a conduz à igreja, Esmeralda se ajoelha, chora, e reza; chorando por si, e orando pela noiva.

Fatal arruinadora dos ricos, que se tornam seus apaixonados, parece nadar em mar de ouro, e nunca lhe sobra o dinheiro; porque ela alimenta e veste quantos pobres a procuram; ou quantos pobres conhece; mas tem fama de dissipadora e ninguém a chama caridosa.

Nos desvarios precipites da sua vida Esmeralda ganhou créditos de petulante, interesseira, vil, desordenada, infrene e louca, incapaz de uma afeição, não suscetível de amar, demônio de gelo, demônio de voracidade áurea, demônio de corrupção; ela o sabe e ri com o seu rir que é mais amargo do que o pranto mais doloroso.

Que falsa apreciação! Esmeralda é flagelada pelo seu pudor inato de mulher que nasceu para ser santa; não tem ordem na vida material, porque abomina o cálculo egoísta a ponto de esquecer os cuidados do futuro; o que chamam sua loucura é como um castigo que ela se impõe na terra; sensível, dedicada, extremosa, amando tão ardentemente a virtude, que nem concebe escusa, desculpa, ou perdão para sua vida manchada e ignominiosa, tem um coração que é um abismo de amor exaltado e sublime.

Se fosse amada, esposa de um homem a quem amasse, seria tipo de fidelidade, heroína pela abnegação, mártir pela paciência, anjo pela santidade dos sentimentos e da vida.

Contemplando essa vítima do mundo, e dos homens, essa embriagada adorável, essa virtude cheia de manchas, esse querubim profanado, essa mulher formosa de corpo aviltado e alma pura, esse coração todo amor, essa *Madalena*[37] que se torturava no vício, que se atribulava na orgia, que se degradava na embriaguez, que antes da morte e com severa consciência condenava o corpo à corrupção, à podridão, às extremas e esquálidas misérias da terra, e tinha a alma arrependida já metade no céu, tive ímpetos de correr a beijar-lhe os pés, e de bradar-lhe: "acorda! surge do sono da embriaguez! eu te compreendo e te amo, eu te regenero, dando-te o meu nome!".

Creio que dominado pelos encantos físicos e morais de Esmeralda, eu teria ido além de treze minutos de contemplação, se o meu primo de convenção não me tivesse tocado no braço, fazendo assim cair a luneta mágica que eu fixara sobre a infeliz moça.

— Não olhes tanto para a Esmeralda, disse-me ele; corres o risco de ficar verde.

Ou por acaso, ou porque ouvisse a observação do meu suposto primo, a Esmeralda cravou em meu rosto um olhar flamejante, e logo depois empunhando o copo, bradou:

— Conhaque! conhaque! conhaque!

Pareceu-me então que a ouvia pedir veneno para se ir matando, levantei-me de súbito, e atirei-me de encontro ao criado que correra a deitar-lhe conhaque no copo; arrebatei da mão a garrafa e exclamei:

— Basta! a senhora não deve tomar mais conhaque!

— Pois então... vou-me embora... balbuciou a Esmeralda, e no meio de gerais gargalhadas, saiu, cambaleando, apoiada no braço do velho.

---

[37] *Madalena*: Segundo a Bíblia, Madalena era uma prostituta que se arrependeu e pediu perdão a Cristo. Sua história aparece no Evangelho de S. Lucas, capítulo VII, versículos 36 a 50. O autor, lembrando o personagem bíblico, usa esse nome para dizer que Esmeralda era uma prostituta. (N.E.)

IX

Dormi mal o resto da noite; porque despertei por vezes, sonhando com a prima Anica, e com a Esmeralda, e no dia seguinte encontrei as imagens de ambas, felicitando a minha alma.

Cumpre-me dizer que senti por isso mesmo o primeiro inconveniente da visão do bem: eu amava igualmente as duas moças, e hesitava sobre qual delas merecia preferência.

Anica era pura; Esmeralda, manchada pelo mais torpe.

Anica era sóbria como todas as senhoras de educação e apenas em jantar cerimonioso molhava os lábios com algumas gotas de champanha; Esmeralda era afeita à ignomínia da embriaguez.

Anica era objeto do respeito de todos, e somente em culto à sua virtude, e às delicadezas devidas ao seu sexo, alguns na sociedade lhe beijavam reverentemente a mão; Esmeralda era o escárnio de muitos, e o insulto vivo da moral pública.

Mas eu, melhor que todos, conhecera Esmeralda pelas revelações da visão do bem, e não podia deixar de fazer-lhe justiça.

Anica era feliz, tivera mãe e parentes a velar por ela, educação a aprimorar suas virtudes; Esmeralda era a desgraçada mártir sacrificada por infame parenta; a primeira tivera todos, a segunda ninguém por si.

E além disso a Esmeralda conservava o melindre do sentimento na depravação da vida; devorada pelos remorsos, tendo aversão ao vício que a aviltava, arrojava-se a ele, como a um castigo, e procurava abreviar seus dias com o veneno da embriaguez.

Não era Madalena arrependida, mas era Madalena delirante.

Se aparecesse um homem que amando Esmeralda, e sendo por ela amado, lhe dissesse: “eu te amo! eu te dou o meu nome e te regenero!”, essa mulher se agarraria a esse homem, como a um anjo de salvação, e sua esposa dedicada, extremosa e fiel, o faria feliz.

O marido de Anica será por força ditoso; mas desfrutador egoísta de uma dita, que toda lhe há de vir da esposa; o marido de Esmeralda porá fim a um grande infortúnio, cobrirá com os véus do seu nome uma nudez reprovada; fará uma obra de caridade, de amor santo, que o exaltará aos olhos de Deus, que purificou a Madalena arrependida.

Em uma palavra o marido de Anica poderá ser mais ditoso; mas o de Esmeralda será mais generoso.

E todavia eu hesitava sempre...

Às vezes a minha razão me dizia que todas as mulheres pervertidas têm sempre de prevenção no espírito a história de uma perversa sedução, de martírios cruéis, de desespero, de arrependimento sem proveito, de desejo de morte, e de exemplar dedicação; suas virtudes raras, e seus sentimentos sublimes, brilhariam sem dúvida com o mais vivo fulgor se achassem maridos que as regenerassem; reservando-se elas entretanto o direito de serem no futuro e depois de casadas dignas do seu ignominioso passado.

A reflexão também me diz que a mocidade inexperiente e generosa tem na sua inexperiência e generosidade uma espécie de luneta mágica com a visão do bem, que faz tomar a nuvem por *Juno*[38] e acreditar facilmente em tudo quanto lhe cantam aquelas pérfidas sereias.

A razão enfim me está clamando, que o verdadeiro arrependimento exclui a ideia da persistência no pecado, e que a prática do vício em nome do desespero, da embriaguez, em nome do desejo da morte, e do esquecimento da infâmia no sono do álcool são pretextos rudes, sofismas repugnantes das mulheres depravadas.

Se é assim realmente a visão do bem, isto é, o modo de ver e de aceitar as coisas, de apreciar os fatos, e de julgar os homens, o homem e a mulher sempre pelo lado bom, sempre pelas regras da desculpa, do perdão, do bem, do otimismo na humanidade, é um grande e enorme perigo tão fatal em suas consequências, como a visão do mal que é o extremo oposto.

Estas considerações começavam a perturbar-me, a incomodar-me; eu porém não podia, sem ofender a minha consciência, negar-me a confessar, a reconhecer, a proclamar o que tinha visto pela visão do bem, contemplando a Esmeralda com a minha luneta mágica por mais de três minutos.

Evidentemente eu seria indigno, malvado, se não declarasse, se não estivesse pronto a declarar a todos, e à face do mundo, que a Esmeralda é uma pobre mártir, manchada em sua vida; mas santa pelo sentimento, anjo pelo coração.

Portanto a visão do bem fazia-me adorar a Esmeralda, como eu adorava a prima Anica, e hesitar sobre a escolha, sobre a preferência entre uma senhora honesta e pura, e uma mulher perdida e petulante.

A razão fria lutava com o sentimento em fogo, a reflexão com a generosidade, o juízo com o coração.

---

[38] *Juno*: Na mitologia romana, era esposa e irmã de Júpiter. Era a rainha dos céus e da luz, símbolo da fecundidade e da maternidade. Foi-lhe consagrado o mês de junho, que, em alguns países, até hoje, é considerado o tempo mais favorável aos casamentos. (N.E.)

Muitas vezes eu tinha vergonha dessa minha hesitação entre a pureza e o último aviltamento...

Mas hesitava sempre...

A luta era um tormento, e a visão do bem começava pois a me fazer mal.

X

Mostrei-me pensativo e menos alegre ao almoço; Anica reparou nisso, e perguntou-me docemente qual podia ser a causa da minha melancolia.

Disse-lhe que tinha dormido mal, porque levara toda a noite a sonhar com ela; a resposta a fez sorrir, e livrou-me de mais explicações.

Nada é mais agradável à mulher do que o culto, e a turificação à sua vaidade.

Logo depois saí para visitar o meu amigo Reis, e dar-lhe conta da força, e do poder maravilhoso da minha luneta mágica.

Uma vez por todas fica declarado que o público da capital, como os meus parentes o tinham feito, deixou-me com a mais completa e absoluta tolerância ou indiferença no gozo pacífico e pleno da minha nova luneta mágica, conforme o armênio o havia garantido.

Ao chegar à casa do meu amigo Reis, um homem, que com ele conversava no armazém, voltou imediatamente as costas ao ver-me entrar, dizendo-lhe em voz baixa algumas palavras.

O Reis veio logo receber-me com a sua habitual e natural amabilidade. Sem que rogado me fizesse, confiei ao excelente amigo tudo quanto se passara no dia antecedente em relação à minha nova luneta mágica.

— E não haverá nisso ainda muita influência de imaginação? perguntou-me o Reis sorrindo-se.

— Sempre incrédulo! respondi-lhe eu; não há meio de convencer a um homem que não quer ser convencido.

— Lembra-se da visão do mal?

— Muito.

— Que me diz dessa visão agora?

— Que era caluniadora e perversa.

— E por que não será traidora e falsa a visão do bem?

— Suponhamos que o seja; ainda assim a magia de que duvida é uma realidade, embora seja maléfica.

— Proponho-lhe uma experiência...

— Aceito-a.

— Vê aquele homem que nos dá as costas?

— Vejo-o.

— Vou esconder-lhe o rosto com um lenço e o senhor que já o julgou pela visão do mal o julgará pela visão do bem e me dirá quem é ele.

— Estou pronto: não sei se poderei dizer quem ele seja, porque ignoro se a luneta mágica estende a tanto o seu poder; mas tenho a certeza de ver, de apreciar e de patentear o seu caráter, e as suas qualidades boas ou más.

— Experimentemos pois, disse o Reis.

E logo foi cobrir com um lenço de seda roxo o rosto do seu amigo ou freguês, que assim perfeitamente seguro de não ser conhecido, voltou-se para mim, e ficou firme, como se fosse uma estátua.

A um lado entre mim e o desconhecido o Reis nos observava risonho.

Fixei a minha luneta, e principiei logo a falar, descrevendo o que via.

— Rosto comprido, magro, um pouco moreno, cabelos que começam a esbranquecer... este homem tem mais de cinquenta anos de idade...

E seguidamente fiz o retrato do desconhecido.

O Reis ouvia-me admirado.

No fim de três minutos de observação senti que a visão do bem abria ao meu olhar a alma do desconhecido:

— Mal julgado por alguns; mas nobilíssimo caráter! este homem é procurador de causas no foro, e muitas vezes sacrifica seus interesses pessoais, servindo a ambos os litigantes contrários no empenho da conciliação e da harmonia; com o seu trabalho honrado e sábia economia tem adquirido alguma riqueza, e sabe acudir às circunstâncias difíceis dos seus amigos, emprestando-lhes dinheiro a juros; os velhacos o chamam por isso usurário; em seu lar doméstico pede à esposa e à filha diligência, zelo e labor para fundamento da segurança do futuro; ele trabalha, a mulher trabalha, a filha trabalha, e a riqueza da família aumenta, e com o trabalho a moralidade do lar doméstico aprofunda raízes. É um homem útil à sociedade; severo em seus costumes, austero na educação da filha, na direção da esposa, no governo da casa, é um modelo de chefe de família, um exemplar, que por muitos pais e maridos deve ser copiado. Este homem chama-se... ah!...

— Que é isto? perguntou-me o Reis, notando a minha súbita surpresa.

— Este homem chama-se Nunes... perdão meu velho e bom amigo! exclamei avançando dois passos para ele; perdão!... A visão do mal me tinha pintado o senhor com horríveis cores! perdão! perdoe-me! a calúnia não foi minha, foi da visão do mal que era aleivosa e malvada!

Vendo-se reconhecido, o velho Nunes tirou o lenço que lhe cobria o rosto, e deu-me apertado abraço.

— Perdoa-me? perguntei-lhe.

— Com uma condição...

— Qual?

— Há de remir a sua dívida: hoje mesmo jantará comigo.

— Com o maior prazer.

— Então também me perdoa? perguntou-me o velho Nunes por sua vez.

— O quê, meu amigo?

— O mal que involuntariamente lhe causei; confesso que confiei a algumas pessoas o segredo da sua primeira luneta mágica; mas não fui eu quem inventou as falsidades que o comprometeram na opinião do povo.

— Tudo isso está passado...

— Ainda bem!

— Amigo Reis, eu quero agradecer ao armênio...

— Vou chamá-lo já, ou antes, venham comigo.

Seguimos o Reis, e quando chegávamos à porta do misterioso gabinete, esta se abriu, e o armênio apareceu, como se nos estivesse esperando.

— Para que me incomoda? disse-me ele rudemente; o dia em que precisará de mim, não chegou ainda. Deixe-me, vá gozar a visão do bem.

E trancou-nos a porta.

O velho Nunes observou, sorrindo:

— Positivamente a magia não tem escola de boa educação.

— Não, disse eu com tristeza: o armênio está ressentido da minha desobediência; ele tinha-me aconselhado que me abstivesse da visão do bem.

— Enganas-te, criança! respondeu de dentro do gabinete a voz do mágico: o que aconteceu devia acontecer.

XI

Voltamos ao armazém e nos sentamos para conversar.

Eu estava outra vez de bom humor; a resposta do armênio tinha banido minha súbita tristeza.

— Então, meu amigo Reis?

— Não compreendo isto; mas em todo caso estou firmemente decidido a resistir ao armênio, e a não consentir, a não admitir no meu armazém instrumentos mágicos.

— E se os fregueses o exigirem?

— Negarei a realidade do que não compreendo.

— E se amanhã aparecer em todas as gazetas diárias da capital a notícia da minha nova luneta mágica?

— Confio na sua discrição.

— Pois não confie; fui eu que redigi a notícia.

— Oh! que fez? exclamou o Reis.

Depois serenou logo e tornou:

— Sofrerei o que já sofri; mas desta vez lançarei todas as culpas sobre o armênio que não fala e não aparece a pessoa alguma.

— Que teima!

— Não quero no meu armazém instrumento algum que não seja obra da arte e da ciência humana. Eu já teria despedido este maldito armênio, se ele não fosse o artista mais hábil, consumado, e dedicado nas minhas oficinas; tudo que sai das suas mãos, do seu trabalho, pode-se dizer perfeito; mas reputo a sua pretendida ou real magia perigosa à sociedade, ofensiva da religião, capaz até de perturbar a ordem pública.

O velho Nunes desatou a rir.

— De que ri assim? perguntou-lhe o Reis.

— Da sua inocência, respondeu-lhe o velho; vivemos na terra, no país das artes mágicas, e o senhor se arreceia de introduzir nela obras de magia! Meu amigo, o senhor está na cidade e não vê as casas.

— Como assim?

— Creia que há magias a cada canto; olhe: como é que empregados públicos, e homens de todos os misteres e condições vivem, ganhando cinco, e gastando cinquenta em cada ano? Só por magia. Como é que um farroupilha há dois ou três anos se ostenta de súbito milionário? Só por magia. Como é que o Brasil festeja todos os anos o aniversário da sua constituição libérrima e vive, sem exceção de um dia, fora da lei constitucional e em plena ditadura, ou sob a vontade arbitrária, absoluta de quem está de cima? Só por magia. Acredite-me: há arte mágica na vida, na riqueza, no procedimento e na fortuna de muitos; há arte mágica nas misérias da administração, nas mentiras constitucionais do governo, nas zombarias feitas à opinião, no impune desprezo do povo, e até na paciência ilimitada dos que sofrem, há arte mágica...

— Basta, Sr. Nunes; no meu armazém se conversa sobre tudo, menos somente sobre dois assuntos.

— Quais?

— A vida alheia, e a política do Estado.

— Pois fiquemos no que disse. Que horas são?

O Reis consultou o relógio:

— Duas e meia.

— É tempo; em nossa casa janta-se precisamente às três horas da tarde: a alegria seria completa, se o amigo Reis se sujeitasse a fazer hoje penitência conosco.

O Reis esquivou-se cortesmente ao convite, declarando que devia sua presença a um hóspede.

O velho Nunes e eu saímos.

XII

Às três horas da tarde em ponto serviu-se o jantar na casa do velho Nunes.

Éramos quatro à mesa, ele e eu, sua mulher, a Sra. D. Eduvirges, e sua filha, D. Ana, a quem os pais chamavam familiarmente Nicota.

Honrando com o mais bem-merecido apetite o simples jantar de família que aliás era variado, excelente, e digno da apimentada cozinha brasileira, não me descuidei de fixar a minha luneta mágica sobre as duas senhoras.

D. Eduvirges, ainda bonita, era o tipo da matrona do nosso país; boa e afável, mas recatada e grave, media suas palavras, governava seus olhos, sabia ser a rainha da casa, porém obediente ao rei por teoria de educação e prática da vida. Virtuosa sem violência, honesta sem esforços, tranquila e plácida, feliz em seu retiro doméstico era como harmonia musical prolongada, monótona; mas em todo caso harmonia.

Nicota contava vinte e três anos, era morena, bela, agradável, jubilosa, e tinha uns olhos negros, que me pareceram crateras de lavas apaixonadas. Eu nunca tinha visto olhos como esses, e, deve-se dizer, nos olhos e no sorrir é que está a flama da vida de um rosto de mulher. A visão do bem tornou-me patentes a alma e o coração de Nicota. Inocente, suave, meiga, nascida para obediência de seu pai e do esposo, que a amasse, educada no trabalho que moraliza, na economia que não dissipa, mas não impõe privações, modesta e religiosa, ingênua e simples, engraçada e espirituosa sem saber que o é, poética no falar sem afetação, com um olhar que é fogo, com uma voz que é música, com um sorrir que é feitiço, com sentimentos em que a candideza se identifica com o amor, Nicota fez-me esquecer durante o jantar a prima Anica e a Esmeralda.

Levantei-me da mesa do jantar embriagado, completamente embriagado não de vinho; mas de amor.

Se eu não tivesse contemplado com a minha luneta mágica Anica em quase todo o dia, a Esmeralda na noite que se havia passado, creio que o fim do jantar, que o velho Nunes me dera, me curvaria ante esse amigo, pedindo-lhe a filha em casamento.

Em meu coração sensível já lutavam não duas, mas três imagens de moças queridas, a quem eu amava com paixão igual, e sem preferência possível!

Eram três flamas ardentíssimas a consumir-me, a devorar-me a alma perdida por qualquer dessas três criaturas encantadoras e privilegiadas. Eu amava Anica...

Amava Esmeralda...

Amava Nicota...

A preferência, a escolha entre elas era impossível...

Eu sofria muito...

XIII

Um mês inteiro correu para mim sempre em gozos da visão do bem em todos e em toda parte.

Mas, eu o confesso, a própria visão do bem não é isenta de inconvenientes, e a cada dia que passava, alguma nova contrariedade vinha perturbar a doce vida que eu vivia.

Desejando muito casar-me, ter por companheira e sócia na fortuna amiga ou adversa, nos risos e no pranto, uma mulher bela e amável, eu sentia uma barreira indestrutível opondo-se, tornando impraticável a realização desse desejo.

Do mesmo modo que me julgo com o direito de exigir da mulher que me aceitasse por esposo fidelidade absoluta, coração meu só, amor sem fingimento, assim também quero respeitar iguais direitos naquela que me aceitar por marido, nem admito que seja pura e abençoada pelo céu a minha união com a noiva que eu levar ao altar, se ela tiver um pensamento para outro homem, e se eu tiver um pensamento amoroso para outra mulher.

Ora o que me está acontecendo é que, a pesar meu, eu amo Anica, Esmeralda, Nicota, e amo ainda com o mesmo ardor mais trinta jovens senhoras, que tenho estudado com a visão do bem!

Dizem que com uma paixão mata-se outra: é engano! Eu já me abraso em trinta e três paixões, e creio que irei além.

E o que mais me penaliza, não é o meu tormento, este doce veneno trinta e três vezes multiplicado, é a dor, a desconsolação ou a falsa esperança dessas trinta e três vítimas da minha sensibilidade esquisita; pois que pela visão do bem tenho reconhecido que cada uma delas também me ama, que todas elas também estão apaixonadas por mim!

Urgido, atraído por tantos amores, vivo como às tontas a correr pela cidade para pagar tributos de amor e adoração; mas se em toda parte tenho enlevos, tenho em toda parte saudades...

Neste mês já fui doze vezes à casa de Esmeralda, que me recebe sempre risonha e se despede de mim com uns ares que aos três primeiros minutos de fixidade da minha luneta me parecem de inexplicável admiração, e que logo depois a visão do bem me explica que são de profunda melancolia, e de pungentes remorsos. O certo é que nas minhas doze visitas, o meu amor tem sido exclusivamente platônico, e a conversação que alimento sempre cheia de lições de virtude, e de suaves esperanças de regeneração moral pelo sincero e completo arrependimento do passado.

Esmeralda com a sua reputação de interesseira, e arruinadora de quantos a frequentam, ainda não me impôs, nem sequer me pediu a mais insignificante despesa; quis uma vez fazer-lhe presente de uma joia, e ela, coitadinha! respondeu-me quase chorando.

— Não lha mereço; eu sou vil, e indigna da sua bondade; se lhe é grato obsequiar-me, assine alguma quantia nesta subscrição destinada a salvar da miséria uma numerosa família.

E apresentou-me um papel, no qual achei muitos nomes, e alguns de pessoas consideráveis, que tinham contribuído com seus donativos. Assinei e dei o dobro da maior quantia que vi subscrita.

Nobre e caridosa Esmeralda! as pobres contavam tanto com ela, que até hoje tenho-lhe encontrado na mesa da sala mais oito subscrições para obras de misericórdia, para as quais também contribuí, como pude, a despeito da resistência, e dos protestos dessa moça tão mal julgada, dessa Madalena suave, que, eu o espero, o arrependimento há de purificar.

As subscrições têm me custado pouco mais de um conto de réis, de que fiz entrega a Esmeralda, e estou perfeitamente seguro de que ela não desviou um real do destino a que se dedicavam as quantias assinadas.

A Esmeralda é o gênio do bem. Um amigo, sem dúvida de caráter suspeitoso, procurou fazer-me acreditar que a infeliz rapariga zombava de mim, explorava a minha inexperiência, e que as subscrições eram falsas, e não passavam de velhacos e rudes laços armados ao meu dinheiro. Respondi a este aviso com o sorrir de quem sabe o que faz, e como procede. Que me importam suspeitas vãs?... A visão do bem me dá certeza de que Esmeralda preferiria morrer de fome a tomar para compra de seu pão a menor das quantias dadas pelos subscritores beneficentes.

Juro que o meu dinheiro foi religiosamente empregado em socorro da miséria e da orfandade.

XIV

Há oito dias que voltei pela décima vez à casa do velho Nunes, meu bom amigo, e ditoso pai da Nicota.

Eram onze horas da manhã, o velho estava fora, tratando dos seus negócios; mas a esposa e a filha me receberam com os corações abertos.

A nossa conversação para mim muito agradável prolongara-se até uma hora da tarde, quando entrou o velho Nunes apressado, e evidentemente dominado por dolorosa comoção. Cumprimentou-me, falou em segredo a D. Eduvirges, e saiu de novo sem despedir-se, e muito aflito.

D. Eduvirges ficara com os olhos rasos de lágrimas, e Nicota olhava para a mãe com expressão de tanta ternura que também quase me fez chorar.

— Que há? perguntei; um amigo tem o direito de saber o motivo da aflição da família, que verdadeiramente estima; sobreveio algum infortúnio? Qual é?

— Irremediável! exclamou D. Eduvirges.

— A morte de algum parente?

— Não.

— Pois irremediável, minha senhora, só conheço a morte.

— Oh! é um depósito de dez contos de réis, que meu marido deve e não pode entregar hoje.

— Hoje?

— E sabe o que ele me disse? Disse-me que é a Casa de Correção que o espera, e cujas portas vão se fechar sobre ele!... em poucos dias Nunes terá esse dinheiro e muito mais; hoje porém bateu já debalde a todas as portas!... é a desonra que o espera, e que o vai matar!...

Nicota desfazia-se em pranto e soluços.

Imediatamente o velho Nunes voltou de novo pálido e desfigurado, e após ele um homem, e mais dois, que exigiam a entrega do depósito...

A dor da família foi imensa; no meio porém daquela dor de esposa e de filha, e sobretudo, contemplando as lágrimas da bela Nicota, tive, gozei suavíssimo prazer.

Eu nem sabia que gozava tanto crédito no Rio de Janeiro; bastaram porém algumas palavras pronunciadas por mim para transformar toda aquela tempestade rasgada em perfeita bonança.

Para resumir a história: assinei como sacador e endossante uma letra de dez contos de réis que devia vencer-se no prazo de trinta dias.

O velho Nunes jurou-me, sem que eu lhe pedisse juramento, que antes de quinze dias teria ele pago essa dívida, que então se tornara em dobro dívida de honra para sua consciência.

O bom amigo abraçou-me; D. Eduvirges me ofereceu a mão que eu beijei respeitosamente, e Nicota me apresentou a fronte cândida, na qual toquei com a ponta dos meus lábios.

Tanta gratidão por duas assinaturas! tanto reconhecimento pelo saque e pelo endosso de uma letra, que o velho Nunes pagará em quinze dias!

Que família de anjos!

Eu nunca me senti tão feliz, como nesse dia.

Fiquei para jantar com aquela boa e santa gente.

À mesa do jantar bebi vinho no mesmo copo em que Nicota, sentada a um lado, apenas molhara os lábios; foi ela que trocou os nossos cálices, e seus pais não viram essa travessura, ou meiguice de moça inocente.

Como achei saboroso e excelente o vinho! pareceu-me sentir nele a delícia de um beijo de Nicota.

Bebi somente um cálix de vinho; aquele que Nicota divinizara com o contato da sua boca mimosa.

Se eu bebesse mais, ou de outro vinho, teria sido sacrílego.

Saí da casa do velho Nunes, como um rei sai do templo, onde acaba de celebrar-se o ato da sua sagração.

XV

Graças à intervenção de pessoa competente, foi-me concedido, a poucos dias, o visitar a Casa de Correção: vi e apreciei tudo, e tudo ali me pareceu levado ao último apuro da perfeição.

O sistema administrativo do estabelecimento, a secretaria e livros de escrituração, as obras que se faziam, as disposições internas e até o local da casa, o método penitenciário adotado, a alimentação e o tratamento dos presos, o zelo dos empregados enlevaram-me os sentidos.

Eu estava cheio de admiração, vendo e aplaudindo a sabedoria e a solicitude do governo do meu país naquela grande penitenciária, quando me levaram a correr as oficinas onde trabalhavam os condenados.

A princípio contemplei satisfeito o aspecto das oficinas, a excelência das obras que se executavam e sobretudo a importância moral do trabalho, cujo hábito regenerará os criminosos, fazendo de nocivos que eram aqueles desgraçados, homens úteis à sociedade.

Mas logo depois examinando com a minha luneta e pela visão do bem um por um todos os condenados, horrorizei-me da cegueira, da ignorância, ou da perversidade da justiça pública, dos tribunais, e dos juízes.

Será incrível; mas é verdade: não há um só daqueles infelizes condenados que não seja inocente dos crimes que lhes imputam, e todos eles, todos sem exceção, se distinguem por virtudes raras e pela moralidade mais exemplar!...

Eu estava convulso, irritado, aceso em fúria; veio-me a ideia soltar um brado de revolta, excitar as pobres vítimas à resistência, às armas, e à vingança; lembrei-me porém a tempo dos soldados que guardavam o estabelecimento e fugi das oficinas precipitadamente e bramindo de cólera.

Voltava para casa dominado por pensamentos perigosos, e revolucionários, e desejoso de uma profunda transformação social, que acabasse com os algozes, e salvasse as vítimas; mas de súbito parei: a casualidade me mostrava um grupo de cinco homens, conversando alegremente na rua, onde acabavam de encontrar-se; conheci a todos cinco: três eram desembargadores, e dois eram juízes de direito, portanto presidentes de júri; simples aplicadores da lei, ou fiscalizadores das nulidades, e das regras legais dos processos, eram contudo magistrados, e tendo contribuído para a condenação e tormentos de tantos inocentes, os monstros ainda podiam conversar com alegria!

Fitei sobre eles a luneta mágica, estudando-os um por um para inteirar-me de todos os instintos ferozes ocultos em seus corações de tigres...

E cinco vezes caí das nuvens e fiquei adoidado na terra...

Todos esses cinco magistrados são sábios, íntegros, justiceiros, escrupulosos e até aquele momento nenhum deles tinha jamais contribuído para uma só condenação injusta nem lavrado sentença nem dado o mais simples despacho que não fossem inspirados pela sabedoria, e baseados na lei.

A minha confusão não pôde ser maior: os condenados eram inocentes, os condenadores tinham sentenciado com acerto; a contradição tornara-se pois evidente!

Como explicar a contradição?

Uma de duas:

Ou provas fortíssimas, porém de falsidade infelizmente não conhecida, tinham, condenando os réus, justificado os juízes;

Ou a minha luneta mágica mentia, enganava-me com a visão do bem.

É claro que adotei logo a primeira hipótese.

Cumpre-me dizer, que ainda assim refleti um pouco sobre o caso.

Com efeito a mocidade inexperiente é crédula demais, e deixando-se levar pelas aparências, dando fé às palavras de quem jura, sensibilizando-se diante do infortúnio, fácil em tomar o partido de quem chora e sofre, vendo em todos e em tudo o riso e o bem, porque ela é risonha e boa, deixa-se iludir e erra, presumindo ou julgando encontrar a virtude e a inocência, onde mil vezes só existe vício e crime.

Mas estas reflexões não têm cabimento no caso de que me ocupava; porque eu vi, e reconheci perfeitamente pela minha luneta mágica a inocência e a pureza de todos os condenados da Casa de Correção, embora eu visse e reconhecesse também logo depois o direito e a justiça que determinaram suas condenações.

Confesso que esta aparente contradição confundiu-me; já porém a expliquei sem quebra da confiança que deposito na visão do bem que tenho pela minha luneta mágica.

XVI

Um jovem da minha idade, grande coração, e alma cândida, Damião chama-se ele, excelente amigo, com quem me relacionei na casa de Esmeralda, levou-me anteontem por curiosidade minha, e a despeito das suas judiciosas observações, a uma casa, onde jogam o lansquenê três vezes por semana cavalheiros da mais fina educação.

O dono da casa é casado com uma senhora amabilíssima que toca piano como Hertz, e tem uma cunhada na primavera dos anos, que possui surpreendente voz de contralto, canta como a Stoltz, e é faceira, e linda; o seu nome é Hermínia, e não posso esquecê-lo mais; porque ela é a trigésima quarta senhora, por quem me sinto perdido de amor, e que me tributa igual sentimento.

Ninguém me censure por este muçulmanismo de amor platônico: sou escravo da visão do bem e amo sem querer amar.

Aproveitei duas horas deliciosas ouvindo tocar e cantar; todos porém jogavam, Damião mo fez notar, aconselhando-me que saísse ou jogasse.

Compreendi que o dever da cortesia me ordenava entrar no jogo.

Joguei pois e ganhei a princípio; mas em breve a fortuna mudou e perdi não só quanto ganhara, como todo dinheiro que na carteira levava.

Consolei-me do prejuízo, observando que o meu amigo Damião fora de todos o que mais lucrara com as minhas perdas, que se elevaram a quinhentos mil-réis.

Quando não tive mais dinheiro para perder, deixei o jogo, e como as senhoras já se haviam recolhido, saí, e saiu comigo um outro jogador infeliz, que deixara aos carteadores do lansquenê o duplo do que me custara a minha curiosidade.

— São gatunos, arranjadores de maço, são refinados ladrões! disse-me ele.

— Para que tal suspeita? respondi; queixemo-nos da fortuna adversa; eu observei e estudei com escrupuloso cuidado todos aqueles jogadores, e posso assegurar que são homens honrados, e que jogaram com exemplar lisura, e nem o meu amigo Damião seria capaz de trazer-me a uma casa que não fosse muito moralizada e honesta.

— Damião?!!! ora é boa! esse é conhecido como trapaceiro e gatuno de profissão.

Coraram-me as faces, e irritado perguntei:

— Em tal caso como se explica a sua condescendência, jogando com semelhante homem?

— Tem razão, tornou-me ele; tem mil vezes razão; mas eles sabem atrair e endoidecer os mancebos inexperientes, como nós, com a paixão do jogo que é fatal, e com os belos olhos dessas duas sereias, que uma toca, outra canta, e ambas servem ao vício.

— Que está dizendo? que calúnia!... duas senhoras pudicas, recatadas!...

O meu companheiro de infelicidade ao jogo desatou estrepitosa gargalhada, e depois exclamou sem baixar a voz:

— O senhor é ainda mais simples do que eu! Tenha cuidado...

— A esposa, e a cunhada...

— Não há esposa, nem cunhada, fique-o sabendo, e não torne mais a esta casa maldita. Essas duas mulheres são também cartas do jogo aladroado, são damas dos baralhos do lansquenê, e ganham sua quota ou porcentagem do barato que rende o jogo em cada noite, além dos lucros das conquistas que fazem, namorando os tolos como eu.

E assim dizendo, o jogador infeliz retirou-se apressado.

Eu também encaminhei-me para a minha casa, meditando sobre a injustiça dos homens.

Aquele jogador irritado pelos prejuízos que tivera, não hesitara em caluniar os preclaríssimos cavalheiros com quem acabava de jogar, e duas jovens senhoras, tipos de delicadeza, de fina educação, e de virtudes sem mancha, conforme eu as vi, amei, e adorei pela visão do bem.

No jogo alguém havia de perder, e alguém havia de ganhar.

Chamar ladrão e gatuno, a quem ganha no jogo, é desconhecer as condições, a fortuna, as eventualidades do jogo.

Deste modo e com juízos tais não há inocência, nem probidade, que escape aos aleives do jogador infeliz.

Ainda bem que eu perdi. Estou livre de qualquer suspeita injuriosa, e nunca mais em minha vida tornarei a jogar.

Mas o que em suma, e em caso algum admito é que os botes da calúnia cheguem até os anjos.

Hermínia e sua irmã são duas flores, principalmente Hermínia é uma flor, um botão de rosa do paraíso.

XVII

Ontem achei a prima Anica pensativa e triste; à mesa do almoço olhava-me melancólica, e como que levemente ressentida do meu proceder; por duas vezes pareceram-me os seus olhos nadando em mal contidas lágrimas.

Saí de casa magoado, triste, e convencido de que eu era cruel, que não sabia apreciar o merecimento de Anica.

Compreendi que me era preciso consolá-la: é tão fácil consolar a pobre donzela que ama! Basta um sinal que dê testemunho de lembrança, uma flor que indique amoroso sentimento.

Eu tenho os meus direitos de primo e de convivência de família; resolvi-me pois a levar nesse mesmo dia a Anica um mimo delicado e agradável à inocente vaidade de seu sexo.

Impelido por essa ideia dirigi-me à Rua do Ouvidor, e empreguei quatro horas nas casas de joalheiros e de modas a procurar debalde uma joia ou um enfeite de bom gosto para levar de presente a minha querida prima.

Procurei debalde! Não que deixasse de encontrar algum objeto que me agradasse; mas porque todos quantos vi e examinei com a luneta mágica me agradaram tanto, me pareceram tão igualmente bonitos e mimosos que não me foi possível determinar a preferência.

Ninguém pode conceber que extravagante, pueril, ridícula, mas indeclinável e imperiosa luta se travou em meu espírito! A princípio cheguei a rir-me de mim mesmo, depois irritei-me e por fim desesperei! Se me decidia a comprar uma pulseira, a lembrança de uns brincos que antes examinara destruía-me a decisão; se um cinto com primorosa fivela estava quase a passar para as minhas mãos, a imagem de um faceiro relógio fazia recuar o cinto; entre uma linda caixinha guarda-joias e um formoso álbum de retratos eu vacilava, como sobre tudo mais, e nada decidia, e nada decidi! em uma palavra, quis e não pude preferir, quis e não pude comprar objeto algum!...

Senti-me ridículo, escravo inexplicável, inconcebível da irresolução mais insensata; a minha razão me aconselhava comprar qualquer daqueles objetos que me haviam parecido igualmente bonitos; mas que querem?... não sei explicar o fenômeno; mas foi-me impossível escolher um entre todos, porque a escolha dependia de preferência.

Reconheci então e pela primeira vez que eu era o ludíbrio da visão do bem.

Voltei para casa aflito, e aborrecido de mim próprio; porque não pudera trazer um mimo para a prima Anica.

Recolhi-me ao meu quarto e refletindo sobre o que se passara comigo nos últimos dias, experimentei pungente dor; porque comecei a arrecear-me das consequências da visão do bem, e a nutrir algumas apreensões sobre o estado das minhas faculdades mentais.

Oh! não há sabedoria de homem que possa comparar-se com a sabedoria do armênio.

O armênio me avisou e não mentiu.

A visão do bem pode fazer mal.

XVIII

Ainda um outro mês, e neste o mel mudado em fel, a alegria em tristeza, a bonança em tempestade.

À medida que os dias se iam passando, a visão do bem se tornava mais imponente, absoluta, e desastrada.

Ao levantar-me da cama de manhã, ou tendo a qualquer hora de vestir-me para sair, era-me indispensável deixar de lado a minha luneta;

porque se com ela tentava escolher as vestes, achava todas preferíveis, e não sabia mais como vestir-me.

À mesa era-me preciso comer às cegas do que me quisessem servir; porque se com a luneta examinava as diversas iguarias, não sabia mais por qual delas começar, aceso em paixão gulosa por todas elas.

Nos saraus a que eu ia, ou não dançava, ou pedia os meus pares sem consciência, e expondo-me a ridículos pedidos, dirigindo-me às vezes a senhoras, cuja idade não autorizava mais a dança, e isso porque, se eu contemplava as jovens presentes ao baile com a minha luneta, por todas elas me enlevava e me perdia, e a nenhuma era-me possível dirigir-me em primeiro lugar.

É certo que durante três minutos a luneta mágica só me oferecia a visão das aparências, e que eu devera não ir além desse espaço que era sem perigo; desde que porém eu fixava a luneta, uma força sobrenatural, superior à minha vontade, mais forte que a minha reflexão e consciência a grudava, a prendia à órbita até que a visão do bem me transportava, tornando-me escravo da admiração por atributos e dotes sempre fascinadores.

Era o bem mais maléfico que se pode imaginar!

Ou porque o tormento que se está experimentando sempre se afigura mais cruel do que o tormento que já se experimentou e passou, ou porque realmente eu sofria mais do que havia sofrido, a visão do bem chegou a parecer-me pior, mais funesta, do que a visão do mal.

A visão do bem realizava em mim o martírio de Tântalo.

Eu vivia mergulhado no bem e não podia gozar, desfrutar o bem. Eu estava com os olhos no céu e com o coração preso no inferno.

XIX

Um dia tive desejos de possuir um bom cavalo de passeio; falei nisso a Damião, que em breves horas me levou a um negociante que dizia ter os melhores ginetes, e que me apresentou um com as recomendações mais entusiásticas.

Examinei o animal, e achei-o formosíssimo; o negociante asseverou-me e jurou que o cavalo era leão pela soberbia, ovelha pela mansidão, camelo pela paciência, águia pela velocidade.

Comprei caríssimo o singular e maravilhoso cavalo, e mandei-o recolher a uma cocheira.

No dia seguinte quis experimentar o meu ginete, e o dono da cocheira se opôs a isso, informando-me que o pobre animal era cego, e aberto dos peitos.

Revoltei-me contra o abuso de confiança, de que eu fora vítima, e fixando a minha luneta mágica, examinei de novo o cavalo, e reconheci que ele havia cegado de súbito e de súbito adoecido na noite que última passara, conservando ainda assim todos os sublimes dotes, que o vendedor exaltara.

Carreguei com o prejuízo; mas em todo caso honrando o testemunho leal, verdadeiro, consciencioso do negociante de cavalos.

XX

Vi-me constantemente cercado de amigos, em quem aplaudi e venerei virtudes exemplares; paguei-lhes jantares e ceias, e a quase todos emprestei dinheiro, que não me restituíram somente porque a fortuna lhes correu adversa.

Paguei flores, coroas e ovações em honra de atrizes dos diversos teatros, todas elas artistas de merecimento surpreendente, e de um proceder ilibado, que só os caluniadores e os perversos punham em dúvida, e recebi em compensação de quantas despesas fiz pela glorificação da arte, sorrisos e votos de eterna gratidão que em seus camarins onde as fui entusiasmado cumprimentar, me renderam essas sublimes intérpretes das sublimes criações dos nossos autores dramáticos, que a minha luneta mágica me mostrou pela visão do bem enriquecidos pelo seu trabalho, altamente honorificados pelo governo, e endeusados pelo povo.

Joguei na praça associando-me com um inglês, que é, pelo que me informou e esclareceu a visão do bem, o homem mais probo do mundo; mas as vacilações e subidas e descidas dos fundos públicos e ações dos bancos e de companhias foram tais, que eu perdi alguns contos dos réis e o meu sócio inglês ganhou o dobro do meu prejuízo, o que ainda a minha razão não compreendeu; mas que a visão do bem elucidou perfeitamente, resplendendo os merecidos créditos de probidade e inteireza do nobre súdito de *S. M. Britânica*[39].

A visão do bem impeliu-me ainda a muitos outros atos, de que me desvaneço, mas que me custaram caro.

---

39 *S. M. Britânica* (por extenso: Sua Majestade Britânica): Título usado para se fazer referência a reis e/ou rainhas da Inglaterra. (N.E.)

Contribuí, subscrevi não sei para quantas liberdades de escravos, obras pias, dotes de donzelas órfãs, instituições filantrópicas, benefícios teatrais em favor de cegos e aleijados, socorros para indigência e nem me lembra que mais; Damião, a Esmeralda e vinte outras amáveis ou respeitáveis pessoas apresentaram-me as subscrições, e receberam-me as quantias com que contribuí para todas essas obras de caridade, e estou certo de que o meu dinheiro foi muito bem empregado; porque a visão do bem mo assegura.

Mas na última quinzena deste mês, de que me dou conta, têm sobrevindo fatos, e tenho ouvido apreciações terríveis que me provam, que ou fui vítima dos mais pérfidos enganos, e perversos abusos de confiança, ou a calúnia e a maldade dos homens, que aliás reputo puríssimos, vão além de todos os limites.

XXI

Alheio aos negócios e não conhecendo bem o valor do dinheiro, porque em consequência da minha dúplice miopia, miopia moral e física, meu irmão, como já tenho dito por vezes, tomou conta da minha fortuna, e sabiamente a dirigiu, eu, neste último mês e meio, despendi talvez sem cuidado nem medida, deixando-me dirigir pela visão do bem.

Deste erro, se foi erro, não tenho mais desculpa na miopia moral; porque desde que recebi as lições da visão do mal o meu espírito se esclareceu e tive consciência de que sabia e podia compreender as coisas e refletir sobre elas; ao menos porém eu acho escusa no abandono da minha educação em matéria de economia. Como não me era possível gastar, não me ensinaram a guardar, e em resultado quando pude ver e desejar, despendi sem me importar com a conta das somas que despendia.

Creio firmemente que tenho despendido muito bem; mas é certo que o mano Américo logo na primeira quinzena do mês último observou-me com doçura que eu estava gastando despropositadamente.

A visão do bem fez-me então ver que o mano Américo assim me falara somente pelo escrúpulo com que zela a minha fortuna; confesso porém que me senti acanhado, e que experimentei verdadeira dificuldade de pedir mais dinheiro a meu irmão.

Eu já contava tantos e tão excelentes amigos que não hesitei em confiar a um deles os embaraços da minha situação.

— Há recurso fácil, respondeu-me esse *fidus Achates*[40]; levo-te a um escrupuloso negociante que te emprestará todas as quantias de que precisares.

E com efeito conduziu-me à casa do mais nobre, benéfico, e generoso capitalista, que me foi emprestando dinheiro a juros de três por cento ao mês, e assinando eu letras garantidoras das dívidas.

O processo me pareceu comodíssimo; porque eu obtinha por meio dele e com extraordinária facilidade tanto dinheiro, quanto me julgava necessário.

A minha vida econômica deslizava-se pois plácida e suavemente, e a visão do bem a abençoava, ensinando-me que eu empregava santamente e acertadamente algumas migalhas da minha inesgotável riqueza.

E fui vivendo assim até que em um dia rebentou a primeira bomba de uma girândola de loucuras, conforme a chamou o mano Américo.

Eu fiquei então estupefato.

XXII

O caso foi o mais simples de todos os casos, ao menos pelo que me pareceu.

Vencido o prazo da letra aceita pelo velho Nunes, e que eu assinei como endossante e sacador, não tendo ido o aceitante pagá-la, veio pessoa competente exigir de mim o pagamento.

Eu estava em casa e também o mano Américo que tomando o documento e vendo a minha assinatura, encrespou as sobrancelhas, escreveu sem hesitar uma ordem para imediatamente ser paga e remida a letra não sei, nem me importa saber como e por quem.

Ficamos sós.

— Simplício, disse-me o mano Américo de mau humor; acabas de ser vítima de um velhaco.

— Velhaco? Não o creio.

— O Nunes? Todos o conhecem.

— Melhor o conheço eu.

— Como?

---

40 *Fidus Achates*: Essa expressão latina significa *fiel Acates*. O poeta romano Virgílio designa com essas palavras o mais fiel companheiro de Eneias, o herói de seu poema *Eneida*. Emprega-se, hoje, para falar de um amigo íntimo. (N.E.)

— Estudei-o perfeitamente por meio da minha luneta mágica que me dá a visão do bem. O velho Nunes é um tipo de probidade.

Américo olhou-me com a mais triste compaixão e tornou-me:

— Dez contos de réis! Deus permita que não seja esta a primeira bomba de alguma girândola de loucuras.

E tomando o chapéu, saiu apressado e como que abismado em mar de negras apreensões.

Eu estava espantado.

Para mim não havia nada mais natural do que o velho Nunes não ter conseguido obter dez contos de réis no prazo fatal, e consequentemente pagar eu por ele.

Ninguém seria capaz de convencer-me de que o velho Nunes deixaria de pagar-me os dez contos de réis que eu apenas adiantara.

Era questão de tempo, demora de alguns dias ou de breves semanas.

A visão do bem não me enganava: o meu amigo Nunes é rígido como *Catão*[41], probo como a probidade mais austera.

E além de tudo isso, não é ele o feliz pai da formosa Nicota?

XXIII

Quando meu irmão entrou para jantar, tinha eu a luneta fixada, e quase o desconheci, tão descomposta pela cólera estava a sua fisionomia.

— Quebra essa luneta! exclamou furioso e com voz de trovão.

Ele avançava sobre mim; mas eu escondi no seio a luneta, e a tia Domingas e a prima Anica vieram correndo em meu socorro.

— Que é isto? perguntou a primeira assustada.

— É este doido, este frenético esbanjador, que em menos de dois meses atirou ao meio da rua trinta e dois contos de réis!...

— Misericórdia! exclamou a tia Domingas.

— É possível?... disse Anica, perguntando-me.

O mano Américo trêmulo e agitado arrancou do bolso uma dúzia de letras aceitas por mim e que ele acabava de resgatar, pagando o principal e prêmios ao meu honradíssimo banqueiro, e mostrou-as às duas senhoras.

41 *Catão*: O autor se refere a Marco Pórcio Catão, estadista romano que se tornou famoso pela sua austeridade e simplicidade de costumes. Nasceu em 232 a.C. e morreu no ano de 149 a.C. (N.E.)

— Eis aí como este louco obtinha dinheiro para desastradamente esbanjar, fazendo avultados empréstimos a quantos velhacos quiseram abusar da sua mania, jogando e deixando-se roubar no jogo, pagando jantares e ceias a cem desfrutadores, que riem-se dele, assinando centenas de mil-réis em falsas subscrições para obras pias e, o que é mais, entregando enormes somas a uma mulher desprezível, a cujos pés o idiota se ajoelha, adorando-a, como anjo de caridade!

A tia Domingas e a prima Anica pronunciaram-se violentamente contra mim, e com o mano Américo cantaram-me o mais horroroso terceto.

Conservei-me silencioso e imóvel; mas tremendo pela minha luneta mágica.

— E eu que não vi, que não adivinhei, que não compreendi o que se foi passando e naturalmente devia passar-se nestes dois meses!!! A bomba dos dez contos despertou-me hoje, saí, procurei informações; todos sabem, e somente nós ignorávamos, todos me indicaram o usurário que empresta dinheiro, e o exército de bargantes que depenam este imbecil!... Todos zombam dele, e devem zombar; porque o néscio esbanjou em menos de dois meses a terça parte pelo menos da fortuna que possuía!

Meu irmão tinha-me insultado tanto, que não pude mais conter-me e respondi-lhe:

— Ainda bem que foi da minha fortuna o dinheiro que despendi: já tenho idade bastante para empregar o meu dinheiro, como entendo, e sem pedir licença nem dar contas a alguém.

O terceto rebentou de novo e uma chuva de impropérios e de maldições caiu sobre mim.

— Idade! exclamou enfim o mano Américo, dominando as outras duas vozes: os néscios, os idiotas não têm idade, e aos idiotas e dissipadores nomeia-se um curador!

— É o que cumpre requerer imediatamente, bradou a tia Domingas.

— O mais acertado é não deixar o primo sair à rua, observou Anica.

— Tudo isso se fará; mas o essencial é quebrarmos-lhe já a maldita luneta, disse Américo.

— Não, acudiu Anica; trancado em casa pode bem conservar a luneta para ver e apreciar os parentes que o não enganam...

— Nada de concessões! gritou meu irmão.

— Eu tive medo; olhei em torno de mim e nada vi; porque estava sem luneta, lembrou-me porém o gabinete do mano Américo, e de improviso corri para ele, tranquei-me por dentro, e com tanta precipitação que dando volta à chave, esta saiu da fechadura, e foi cair a alguns passos longe da porta.

XXIV

A borrasca ribombava sempre e incessante na sala e eu era de contínuo fulminado pelos raios de três cóleras em delírio: doestos, injúrias, aleives, pragas, insultuoso ridículo, tudo me lançavam com furor. Três ódios a falar não falariam mais venenosamente, três línguas-punhais a ferir não feririam mais profundamente.

O meu ressentimento dissipou o medo que me abatera o espírito; veio-me a vontade de examinar esses três semblantes desfigurados pelos sentimentos mais vis.

Fixei a minha luneta mágica, olhei pela abertura que deixara a chave caída da fechadura, e estudei os meus odientos parentes: apreciei primeiro olhos e faces que se abrasavam no fogo da ira, lábios convulsos, gesticulações ameaçadoras, e logo depois que pureza de intenções e que santidade de desígnios!... Meu irmão, minha tia, e a prima Anica, se mostraram tais quais realmente são, três querubins, então radiantes de fogo não de cólera, mas de verdadeiro amor, de sublime interesse por mim!... Estavam aflitíssimos e em dolorosa agitação; porque me supunham perdido no erro, e ludíbrio de malandrins. O erro era dos meus três parentes e meu o acerto; mas as intenções deles indisputavelmente eram nobres, leais, desinteressadas, angélicas.

No meio porém dessas intenções veneráveis descobri firme e inabalável no ânimo de meu irmão a de quebrar a minha luneta mágica, e embora eu reconhecesse e reconheça a piedade dessa intenção, não pude com ela conformar-me; abençoei meu irmão, minha tia, e a prima Anica; mas tomei a peito salvar a todo transe a minha luneta mágica.

Eu estava vestido decentemente para sair à rua, só me faltava chapéu para a cabeça e porta franca para a retirada.

Com o auxílio da luneta achei no gabinete um chapéu do mano Américo, que me servia muito nas circunstâncias em que me achava, embora estivesse um pouco usado.

Faltava-me a porta para saída sem oposição; mas o gabinete abria uma janela para rua; o caso era grave e exigente; não havia recurso, e havia risco na demora da resolução; há tanta gente que de dia claro e com sol fora se presta a entrar pelas janelas em vez de entrar pelas portas, que não me pareceu anormal nem escandaloso no Brasil sair por onde se entra de ordinário para as mais altas posições do Estado.

Assim pois subi à janela do gabinete, e saltei na rua; ouvi gargalhadas, e não dei atenção a elas; apressei os passos, quase que corri, enfim afastei-me apressado da casa da minha família, como um preso, que se escapa e foge da cadeia.

XXV

Quando me achei longe de casa e me supus livre, por algum tempo ao menos, da generosa perseguição da minha família, instintivamente procurei a luneta mágica, e senti inexprimível prazer, tirando-a do seio; em seguida apalpei o bolso do paletó, e consolei-me encontrando nele a carteira, onde eu tinha ainda de reserva alguns centos de mil-réis.

Duplamente satisfeito, experimentei logo uma exigência da minha natureza animal que as recentes emoções haviam feito calar, mas que de novo falava com dobrada força: tive fome, e dirigindo-me a um dos nossos melhores hotéis, tomei sala para dormir, e mandei que me servissem o jantar.

Como é grandioso, sublime o sentimento da amizade, quando pronto corre a cercar o amigo caído na adversidade!

Apenas sentei-me para jantar, vi-me de súbito cercado por Damião e mais seis outros mancebos que me eram dedicados, e se tinham apressado a vir em meu auxílio, e a oferecer-me os seus serviços, pois que a cidade toda já sabia o que comigo acabava de passar-se.

Com lágrimas de reconhecimento agradeci tão doce demonstração de interesse e de estima, e convidei a esses excelentes amigos para jantar comigo.

Que duas horas gozamos! A nossa mesa foi sucessivamente servida das mais delicadas iguarias, e dos vinhos mais generosos, que deliciosamente nos prenderam juntos até o anoitecer.

Acabado o jantar, declarei com franqueza que precisava descansar e imediatamente os meus ótimos amigos deixaram-me só, retirando-se a rir não sei mesmo de quê.

Ia recolher-me, quando me apareceu o dono do hotel ou chefe da casa, a quem eu já perfeitamente conhecia e estimava, como homem de verdade, singeleza e consciência.

— Sr. Simplício, disse-me ele; eu devo prevenir a V. Sª de que esses sujeitos que daqui saíram, são todos parasitas de profissão, e exploradores da inexperiência; o senhor deu-lhes um jantar, que lhe custa cento e trinta mil-réis, e eles desceram a escada a rir descompassadamente da sua boa-fé, a que ousavam dar outro nome que não me animo a repetir.

Fixei a minha luneta mágica sobre o homem que me falava, e com espanto meu a visão do bem me fez reconhecer que ele dizia sempre e ainda desta vez a verdade; mas a visão do bem ainda também à mesa do jantar me mostrara como protótipos de amigos fiéis e dedicadíssimos os sete mancebos que acabavam de retirar-se!...

Fiquei suspenso, perplexo, indeciso, triste e aborrecido.

Paguei o jantar; fui deitar-me, e ou pela fadiga resultante das fortes emoções, por que naquele dia passara, ou pela mistura dos vinhos que bebera sem dúvida menos sobriamente do que costumo, adormeci logo, caindo em profundo sono.

Despertei às duas horas da madrugada, e a meu despeito, velei até o amanhecer.

Revolvia-me na cama, contra mim próprio excitado; porque não queria refletir sobre a minha situação; mas refletia.

Cerrava os olhos para dormir; mas o espírito velava.

Chamava em meu socorro a imaginação que por momentos perturbava com ilusões forçadas a série de graves reflexões; mas em breve a imaginação se apagava, e as frias reflexões se impunham.

À força, a meu despeito embora, não dormi e refleti.

Evidentemente eu tinha despendido muito em mês e meio... mais de quinhentos mil-réis por dia, três vezes mais do que a renda anual da minha fortuna, segundo os cálculos de meu honradíssimo irmão.

Tão avultada despesa (que eu estou certo que empreguei com proveito da humanidade), sem dúvida, conforme os costumes e o modo de ver da sociedade egoísta, e dos homens da lei que não julgam pelo coração nem pelo Evangelho, será explicada, recebida e sentenciada como dissipação, e por consequência, e até por amor da minha pessoa, me darão um curador!...

A visão do mal me expôs a ser trancado por doido no hospício de Pedro II; a visão do bem expõe-me a ser declarado néscio, ou idiota, ou por muito favor apenas dissipador da minha fortuna, e como tal confiado, entregue absolutamente ao domínio de um curador, de um dono e árbitro da minha pessoa, de um senhor de quem serei quase escravo!

Pela visão do mal ou pela visão do bem, pelo ódio ou pelo amor da humanidade, pelo juízo mau a respeito de todos ou pelo juízo bom a respeito de todos, as duas lunetas mágicas levaram-me ao mesmo perigo, ao mesmo fim, à mesma calamidade.

Uma, a primeira, me fez passar por doido; outra, a segunda, me faz passar por néscio! Doido ou néscio, não escolho; porque a consequência é a mesma.

O meu curador será provavelmente o mano Américo, que concebeu e já manifestou a horrível ideia de quebrar a minha luneta mágica.

Portanto querem condenar-me à miopia perpétua, miopia que para mim é a cegueira, é a morte no seio da vida!

Desejo, tenho o direito de desejar ver, que é viver, e não querem permitir que eu viva, não me permitindo que eu veja!...

Não! não! e não!

Hei de até o extremo defender a minha luneta mágica.

É certo que começo a conceber algumas desconfianças em relação ao acerto e à infalibilidade das revelações da visão do bem.

As contradições que notei entre a inocência dos condenados da casa de correção e as sentenças sempre justas dos magistrados, e entre os sentimentos dos amigos que ontem jantaram comigo, e os avisos leais e cheios de verdade do dono do hotel desacreditam um pouco no meu conceito a visão do bem.

Se a visão do bem fosse o apólogo vivo, a expressão real da inexperiência; se pela visão do bem eu me tenho tornado o escárnio dos parasitas, o ludíbrio dos trapaceiros, a zombaria de todos, o objeto da mofa e do ridículo do povo... ah! eu preferia ter sido fulminado por um raio...

O ridículo!... o ridículo é a queda no charco; é o aviltamento sem compaixão; é o pelourinho mil vezes pior que o patíbulo; é o azorrague mais cruel que a guilhotina; é a morte pelo desprezo...

Quero antes a perseguição do ódio, do que o acompanhamento do ridículo...

E dizem que riem-se de mim... que me apontam, como estúpida vítima de homens sem consciência, e de uma mulher sem brio, e sem coração...

Eu sei, e sinto, eu tenho consciência de que tudo isso é falso; mas riem-se de mim!...

Que hei de fazer?... nem sei; quebrar a minha luneta mágica, origem e causa de todas estas torturas do espírito?... não; menos isso.

O erro dos homens é patente: quem vive e procede com acerto, sou eu.

Resistirei pois aos homens, e me deixarei matar, defendendo a minha luneta mágica que meu irmão condenou.

Eu refletia assim, e tinha já esquecido as horas e o empenho de escapar às reflexões, dormindo, quando a aurora principiou a espancar as trevas, e as auras matinais, refrescando o meu cérebro, me aditaram de novo e insensivelmente com o mais tranquilo e suave sono.

XXVI

Levantei-me às dez horas da manhã, e tinha acabado de almoçar, ouvindo o sinal de meio-dia.

Dispunha-me a sair; mas vi entrar o meu amigo Reis, que vinha de propósito visitar-me.

No Reis depositava eu e deposito confiança sem limites. Ou todos o julgam pela visão do bem da minha luneta mágica, ou se eu me engano no juízo que faço do Reis, todos se enganam comigo.

Recebi o amigo Reis, como um cego, a quem se anuncia o primeiro raio de luz, e com ele a vida pelos olhos.

Apertamos as mãos, e nos sentamos um ao lado do outro.

— Temos sofrido muito ambos, e pelo mesmo erro, disse-me o Reis.

— Como?

— Eu errei, deixando-o entregar-se a um pretendido mágico; o senhor errou acreditando exageradamente nele.

— Mas se eu vejo!!!

— É porque ele conhece e esconde o segredo de elevar a maior, a mais alto, e ainda não calculado grau os vidros côncavos destinados a corrigir a miopia; tudo mais que ele emprega é delicadíssimo artifício de charlatanismo para excitar e inflamar a imaginação.

— A sua descrença é um erro...

— A minha tolerância é que tem sido erro; a notícia que imprudentemente fez publicar na imprensa diária da corte, e a fama da sua nova luneta deram causa a que meu armazém seja com frequência procurado por pretendentes a instrumentos mágicos de ótica, sofrendo eu perseguições e desgostos, que mal pode calcular; isso porém é o menos.

— Que é então o mais?

— A situação em que se acha.

— Que pensa?

— Ouça-me com paciência: a sua pretendida visão do bem o tornou alvo das zombarias e do ridículo...

— Do ridículo?!!!

— Não há vadio, nem trapaceiro que não tenha abusado da sua boa-fé; o senhor aparece em público associado e convivendo com as celebridades mais imorais e desprezíveis da cidade...

— Que me está dizendo?

— A verdade; todas as senhoras conhecem já a sua... mania de se supor amado por elas sem exceção de uma só, e de amar igualmente a todas, e isso as diverte de modo tal, que nenhuma o vê que não precise de grande esforço para conter o riso...

— O riso!...

— Enfim o senhor é o divertimento de muitos, e o objeto da compaixão dos homens graves, que acreditam indispensável que sua família o sujeite à mais zelosa curadoria...

Senti que sucumbia ao peso do meu infortúnio.

O amigo Reis prosseguiu:

— Seu irmão foi hoje a nossa casa e queixou-se da maléfica influência das duas lunetas mágicas saídas das minhas oficinas; tive de reconhecer a minha responsabilidade e, pedindo perdão, assegurei que mais nunca permitiria ao armênio outra operação mágica para facilitar-lhe nova luneta.

— Que fez!... exclamei tremendo.

— Seu irmão disse-me que antes de três dias seria nomeado seu curador, e que empregará até a força para recolhê-lo ao seio da família...

— Três dias... e depois a privação da luneta mágica, a cegueira, e a casa tornada cárcere!!!

— Quando seu irmão saiu, fui ter com o armênio e referi-lhe a sua desgraça, a sua lamentável...

— Necedade.

— Não me animava a dizê-lo; os seus grandes prejuízos, e ridículo proceder em consequência da visão do bem.

— E o armênio?

— Respondeu-me, levantando e encolhendo os ombros com enregelada indiferença.

— Estou perdido...

— Então avisei severamente ao armênio, de que eu o despediria para sempre da minha casa, se nela praticasse uma única vez mais as suas pretendidas artes mágicas.

— E ele?

— Nem sequer olhou para mim; mas riu-se com o seu rir medonho.

— Não o despedirá!

— Despedi-lo-ei, se não me obedecer. Quanto ao senhor, meu jovem amigo, submeta-se à sua sorte: volte para o santo asilo da sua família, e deixe-se dirigir e guiar por seu irmão.

— Estou perdido, repeti lugubremente.

O Reis despediu-se e deixou-me só.

XXVII

Meu irmão dá-me três dias de liberdade, o mesmo prazo que se concedia aos condenados à morte: três dias entre a intimação e a execução da sentença.

E todavia meu irmão é o melhor dos homens, e símbolo do amor fraternal.

Serei eu realmente néscio ou idiota?... mas eu penso, raciocino, reflito, e tenho consciência de que o faço.

Ninguém me chamou idiota, somente me julgaram doido, quando eu julgava os homens e as coisas pela visão do mal.

Será pois a visão do bem fonte de necedade?...

É certo que pela visão do bem eu vejo todos sem exceção, tudo sem exceção resplendendo pureza e perfeições; ainda não descobri defeito em alguém, ainda não pude julgar má ação alguma.

Com efeito esta inocência e perfeição de todos e de tudo excluem a ideia do pecado, e portanto a ideia do prêmio e do castigo na vida eterna; o prêmio, porque é distinção, e não pode haver escolhidos e distintos quando todos são igualmente bons; o castigo, porque não há que castigar.

Assim pois eu ataco pela base a filosofia, a doutrina católica...

Meu Deus! terei eu sem o pensar chegado até ofender a religião?...

A visão do bem da minha luneta será como a do mal acesa pelo demônio?... será infernal pelo excesso de mostrar sempre o bem em todos e em tudo?

Minhas ideias se baralharam, minha cabeça começou a pesar-me; receei a iminência de um ataque cerebral, ou algum acesso de loucura.

Tomei o chapéu e saí sem destino, levando fixada a minha luneta; dei por mim na Rua Direita, reconhecendo o *Boulevard Carceller*, e fui sentar-me isolado à sombra da árvore mais vizinha da igreja do Carmo.

A defender-me da luneta que eu conservava fixada, levava cuidadoso a desconfiança no coração; mas o *Boulevard* estava cheio de gente, de homens e de senhoras; percebi que muitos me apontavam com os dedos, que outros sorriam-se, observando-me; mas a despeito da minha desconfiança, não pude resistir à evidência; compreendi, convenci-me que estava diante de uma reunião numerosa, na qual todos os homens eram santos, todas as senhoras, anjos.

Sobretudo senti que as senhoras me contemplavam embevecidas e perdidas de amor; eu ardia no fogo de vinte novas paixões!

Que sensações deliciosas!... todas essas criaturas angélicas riam-se olhando para mim e encontrando o meu olhar, e no riso de cada uma delas eu encontrava um céu aberto, um romper de aurora no paraíso.

De súbito chegou-se a mim um mancebo com o semblante abatido, e repassado de dor, e mal podendo falar, expôs-me a sua situação que era das mais pungentes sem dúvida, e acabou, pedindo-me o óbolo da minha caridade para enterrar o filhinho, o filho único, que deixara em casa morto no colo da consternada esposa.

Vi que o mancebo, mísero pai, falava a verdade, e às ocultas dei-lhe algum dinheiro.

Seguiram-se logo ao infeliz jovem uma imediatamente depois de outra três moças que se chegaram a mim, esmolando para missas pedidas.

Essas esmolavam, rindo-se, e eram raparigas elegantes, espertas, e francamente alegronas e travessas, devendo ser conhecidas de muitos que ali estavam, pois que com muitos trocavam gracejos: chegadas porém a mim vi-as confundidas de pejo, e abrasadas de amor; fitei bastante com a minha luneta cada uma delas, e extasiei-me, encontrando em seus corações a mais santa piedade, e profundo sentimento religioso.

É claro que concorri, como devia, para as três missas pedidas. Não podia ser de outro modo.

O que me valia, considerando as três moças, e as outras senhoras, era o seu número, e a semelhança e força igual que produziam em mim tantas belezas e tão preciosas qualidades; porque eu estava doido de paixão por todas elas, e todas elas também por mim, coitadinhas!

Como isso era, não posso razoavelmente explicar; era porém assim.

Todavia em seguida às moças veio logo uma velha que me confessou ser viúva pobre, tendo seis filhos, que até aquela hora não tinham almoçado... dei-lhe esmola.

Depois da velha correu a ter comigo um cavalheiro de maneiras muito distintas, e da mais perfeita cortesia, a quem acontecera um desses pequenos infortúnios, a que todos estamos sujeitos: acabando de comer pastéis, e de beber uma garrafa de cerveja, reconhecera haver esquecido a carteira, e achava-se naturalmente muito contrariado. Fiz o que qualquer outro faria no meu caso: reconhecendo a capacidade e merecimento do cavalheiro, que me pareceu trigo sem joio, entreguei-lhe a quantia necessária para pagar a despesa que fizera.

Mas após o nobre cavalheiro avançavam já para mim dez ou doze rapazes ao mesmo tempo, quando um venerando ancião, tomando-lhe os passos, e censurando-os com algumas breves, mas severas palavras, chegou-se ao banco que eu ocupava e disse-me:

— Mancebo inexperiente! Não vê, não sente, que está sendo vítima da zombaria de gente sem generosidade ou de maus costumes?... Para que deita fora o seu dinheiro?... Aqueles e aquelas que lho tomaram, simulando morte de filho, missas pedidas, fome de família, esquecimento de carteira, estão ali dentro da confeitaria, rindo às gargalhadas da sua inverossímil credulidade, comendo e bebendo à sua custa.

Fixei a luneta e vi: o velho era respeitável como as suas cãs, puro como os mártires da fé, verdadeiro como um *axioma*[42], severo como a lei, austero como a própria virtude, justo como a sentença da sabedoria.

— Que me diz, meu amigo?

— Eu não sou seu amigo, pois que nem o conheço; dói-me porém vê-lo deixar-se depenar por mulheres perdidas, e homens sem brio.

— É demais... tenho razão para reputá-las, e reputá-los dignos de toda a consideração...

— Infeliz moço! murmurou o ancião.

E logo depois tomando-me pelo braço, e obrigando-me a deixar o banco, acrescentou:

— Retire-se; recolha-se a casa; diga a seus parentes que cuidem mais e melhor do senhor.

— Os meus parentes!... esses declararam-me guerra... são ótimas pessoas, e muito me amam; mas alucinados perseguem-me...

— Como?

— Acreditam que sou... talvez maníaco, e querem nomear-me curador.

— Deixa-me dizer-lhe a verdade?

— Sem dúvida...

— Seus parentes têm razão.

Quase que me rompeu da garganta o grito de misericórdia! Fiquei como assombrado.

O ancião repetiu:

— Pobre moço! Recolha-se a casa.

E empurrando-me suavemente pelos ombros, foi sentar-se.

Eu apartei-me do *Boulevard Carceller* aflito, quase desesperado, e tanto mais que escutava atrás de mim, e no lugar donde me retirava, observações epigramáticas, tristes apreciações do meu estado, e até risadas de escárnio.

Minha situação piorava, o meu espírito se obumbrava cada vez mais, e as mais turvas e sinistras ideias começavam a invadi-lo.

Entrei com precipitados passos na Rua do Ouvidor; era a hora de mais costumada concorrência.

Eu mantinha a minha luneta sempre fixada; mas fixada sem consciência porque não queria ver, e não via; também não desejava ouvir, porém ouvia.

---

42 *Axioma*: É alguma coisa de evidência imediata que, por sua clareza, não precisa de demonstração. (N.E.)

Pelos meus ouvidos pareceu-me estar ainda no *Boulevard Carceller*, porque era-me impossível não escutar risadas que mal se abafavam, ou que petulantes se desprendiam.

O meu nome era repetido em tom de compaixão por alguns, em tom de escárnio por outros.

Evidentemente ninguém me considerava, como eu queria ser considerado, e tinha direito de sê-lo.

— Aí vai ele...

— É o maníaco...

— É o Simplício...

— Coitado...

Eis as palavras, as designações cruéis, condenadoras, terríveis que me chegavam aos ouvidos!

Eu continuava a caminhar apressado, furioso, fora de mim, pedindo ao céu um abismo, onde caísse de súbito, um raio que me fulminasse...

Eu ia indo... sempre... quase a correr; deviam na verdade julgar-me desvairado...

De repente parei: uma voz argentina, suave, melodiosa exclamara:

— Como corre o bom anjo! É pena que não me visse! Segundo a regra morreríamos de amor um pelo outro, e ele me pagaria o jantar...

Olhei... fixei com a minha luneta mágica o demônio que assim tão barbaramente me ridiculizava... encarei-o... observei-o com ódio.

Ah!...

Era uma jovem no mais belo frescor da idade: vinte anos não mais, dezoito anos não menos; cabeleira de ouro com enchentes de anéis a inundar-lhe as espáduas nuas e alvejantes,.. colo nu, e seios quase de todo à mostra; vestido de duas saias, e *toilette* com mais cores que o arco-íris, meia perna patente... botinas justas de laços com botões a brilhar e de saltos de duas ou três polegadas... olhos radiantes, e boca a rir, mostrando os dentes brancos... sublimes...

Ela tinha parado e olhava-me provocadora, insolente, como a pedir-me jantar...

Esperei três minutos contemplando-a bonita para aborrecê-la escandalosa e infame...

Meu Deus! a visão do bem mostrou-me o que ela era...

Ela era a formosura... a pudicícia... o recato... um anjo!...

Insensivelmente meus joelhos se iam curvando; eu estava quase na posição, em que os devotos adoram a divindade, quando de todos os lados estrondaram gargalhadas...

A criatura angélica, gargalhando também, saltou para dentro de um carro puxado por magnífica parelha, e fugiu-me...

As gargalhadas continuavam... era como uma pateada que me davam...

Em desespero, em frenesi, em fúria, corri, fugindo, e fui encerrar-me no hotel.

■

XXVIII

Não saí mais nesse dia e dei ordem aos empregados do hotel para que despedissem a todos quantos me procurassem, pretextando ou incômodo ou ausência de minha pessoa.

Consumi a tarde, a noite e a manhã seguinte em teimosas, amarguradas, mas estéreis reflexões.

Eu estava precisamente na mesma situação, nas mesmas circunstâncias, em que me achava nos últimos dias da posse e uso da primeira luneta mágica.

Se alguma diferença havia entre as duas épocas e as duas aflições, era agora para muito pior; porque agora, se me quebrarem a luneta mágica da visão do bem, já sei que não poderei conseguir outra luneta.

E a sentença está lavrada e é irrevogável: o mano Américo, em sua extrema bondade e pelo grande interesse que toma por mim, receoso de que eu esbanje o resto de minha fortuna, me privará da luneta mágica que dá a visão do bem.

E é amanhã o dia em que por bem ou por mal serei recolhido a casa ou ao cárcere de minha família, e sujeito ao meu curador.

Deverei submeter-me?...

Estudei por todos os lados e em todas as suas consequências possíveis o caso, e concluí que o partido que me restava era fugir, e fugir imediatamente.

Para onde? Pouco importa; correrei o mundo; com dinheiro e boa vontade não se vive mal em parte alguma.

Examinei a minha carteira: restavam-me trinta e tantos mil-réis!... fiquei desagradavelmente surpreendido; lembrou-me porém que na antevéspera tinha emprestado quatrocentos mil-réis a um dos amigos que jantaram comigo, e que na véspera assinara em duas subscrições para alforria de escravos.

A falta de dinheiro não podia embaraçar a execução do meu plano; eu contava tantos amigos que facilmente arranjaria quatro ou seis contos de réis.

Paguei o que devia no hotel e fui logo procurar o velho Nunes, e em seguida ao bom Damião e a mais quinze ou vinte, a todos os quais patenteei a minha situação, confiei o meu plano, e pedi algum dinheiro ou a título de empréstimo, ou em pagamento do que me deviam.

Triste observação!... Não achei em todos esses excelentes amigos um só que me acudisse com alguma e ainda diminuta quantia!... mas os pobres e honradíssimos homens asseguraram-me que em quinze dias ou um mês me levariam a casa trinta ou quarenta contos de réis.

É pena que somente para tão tarde possa eu contar com esse recurso que fora hoje tão poderoso, e que então será inútil para o meu plano.

Não desanimei e me dirigi ao meu banqueiro; este porém apenas percebeu o que eu queria, tomou o *Jornal do Comércio* que estava sobre a mesa de seu escritório, e mostrou-me um anúncio assinado por meu irmão, em que protestava não seria paga dívida alguma contraída por mim.

Retirei-me desesperado; todas as minhas esperanças tinham falhado, todos os meios me faltavam para obter dinheiro...

Ninguém pode fazer ideia da dor que me despedaçava o coração...

Recorri ainda a dois outros amigos que me deviam também somas importantes... um deles voltou-me as costas sem me responder, e o outro não me conheceu!!!

Fixei a minha luneta mágica sobre cada um desses dois miseráveis... ah! nenhum deles era mau: o primeiro voltava-me as costas cheio de vergonha e de pesar por não poder servir-me, e sem dúvida ao ver-me partir, desatara a chorar... o outro, pobre infeliz, afetado de uma moléstia cerebroespinhal, tinha perdido a memória; pelo menos foi isto o que reconheci pela visão do bem.

Perdida a última esperança, sentindo profundo, moralmente mortal, o golpe da desgraça, prevendo o raio infalível que ia fulminar-me no dia seguinte, pus-me a andar sem destino, mas apressado, quase a correr não sei por quais ruas da cidade; sei porém que de improviso parei na quina, ou ângulo formado por duas ruas que se cortavam.

Aproximava-se numeroso préstito de carruagens; quis vê-lo passar. Era o préstito lúgubre de um finado.

Era um enterro.

XXIX

Tive um pensamento que estava naturalmente em relação com a negra tristeza do meu espírito.

Desejei estudar o cadáver, que se ia sepultar.

Fixei a minha luneta mágica no féretro.

Eis o que vi:

Primeiro um caixão de madeira coberto de ricos estofos pretos e de galões de ouro, dentro um cadáver já em corrupção, desfigurado, fétido, repugnante... lodo e pó da terra e nada mais.

Logo depois a memória das singulares virtudes do finado e... oh!... a felicidade, a incomparável felicidade da morte!...

Eu vi, senti, compreendi a morte, que se patenteou tal qual é, à visão do bem!

Eu vi a morte — mal julgada, caluniada pelos homens — sono plácido, suavíssimo que começa à última dor, ao extremo transe da vida, e que acaba ao despertar nas delícias da eternidade; paz sem cuidados, sossego sem a mais leve perturbação — véspera instantânea da verdadeira vida — porta do fim que é luz celeste. — Oh! que gozos na morte! a podridão e o fétido do cadáver em sublime contraste muito de longe dariam ideia da pureza e do angélico aroma da alma que se desprende do pó! Que gozos na morte! O mais vaidoso dos reis sente-se pela primeira vez verdadeiramente grande e exaltado elevando-se à esfera onde se encontra igual ao mais humilde e rude dos vassalos ou escravos que tivera!... Não há dor, nem ânsias, nem moléstias, nem privações, nem miopia na imensa e refulgente região da morte! Aquela frieza enregelada do cadáver significa esquecimento absoluto das penas da vida efêmera e mundana.

Pela morte o escravo é livre, a criança e a virgem são anjos, a esposa jovem, a matrona e a velha santas, a mundanaria é Madalena purificada, o malvado, o celerado são arrependidos que se regeneram, o desgraçado é feliz, o mudo tem voz, o paralítico voa, o surdo ouve segredos, o cego vê nas trevas, o desgraçado é perfeitamente feliz!...

A morte é o Jordão que lava as culpas...

A morte é glória...

A morte é luz...

Só a morte é que dá princípio à vida.

Eis um pouco do muito que a visão do bem me fez descobrir e apreciar na morte.

O préstito já tinha passado.

Deixei cair a luneta mágica.

Abismei-me em profunda introversão, no estado da minha íntima consciência, no estado novo e extraordinário do meu espírito...

Achei-me consolado, forte, invencível, contente, feliz...

Eu desejava, almejava morrer...

Morrer era começar a viver... e a viver que vida de delícias!...

Eu acabava de conceber a ideia, e de abraçar-me com a ideia do suicídio.

XXX

Examinei o ponto da cidade onde me achava, e logo conheci que havia parado para ver passar o préstito fúnebre no lugar, que é corte da Rua dos Barbonos, fim da das Mangueiras, e princípio da dos Arcos.

A breve distância estava pois mais adiante a ladeira do morro dantes chamado do Desterro, e desde o século passado de Santa Teresa.

Mais de um suicídio se tem realizado no alto, e nos desertos abismos daquele monte.

Instintivamente, mas sem dúvida com a ideia da morte, dirigi-me para a ladeira, e comecei a subi-la passo a passo, com vagar e tranquilidade, com ânimo sereno, e com o firme propósito de pôr termo a minha vida.

Eu não tinha comigo nem punhal, nem veneno, nem revólver, não levava pois arma, ou instrumento, ou meio de morte, e contudo subia a ladeira com intento de me matar.

A visão do bem me levava à morte.

Eu nunca visitara o sítio famoso do Corcovado; ouvira porém dizer que lá havia enorme precipício, profundíssimo abismo, no seio do qual a morte era certa para o infeliz que por acaso a ele se arrojasse.

Se as informações não eram falsas, o propósito me daria o fim, que receava do acaso ou da imprudência.

Não me era pois necessário levar comigo punhal, veneno, ou revólver: eu tinha por mim o abismo.

Fui subindo a ladeira tranquila e pausadamente, descansando aqui, ali, e deleitando-me a ouvir o leve ruído das águas da Carioca, que em alguns pontos do antigo encanamento mandado construir pelos vice-reis do tempo colonial, parecem murmurar da negligência, ou da comparativa inferioridade da administração da nossa época, que vinte vezes por ano deixa o povo em penúria de água, e diariamente lhe dá água da Tijuca toldada, mal zelada, e não aquela tão pura e admirável a que o gentio chegava a dar o condão de acender a inspiração da poesia.

E fui subindo sempre.

A noite era formosa; a lua em fase plena mergulhava a cidade em um oceano de luz pálida, mas clara, suave, encantadora e romanesca.

Muitas vezes voltava-me para contemplar essa já grande *babel*[43], esse labirinto de ruas que formam a opulenta capital do Brasil, e me embebia por minutos no grandioso panorama da bela *sebastianópolis*[44] iluminada por milhares de flamas de gás, que simulavam enfeitiçá-la em noite de festa.

E de cada vez que me voltava para a cidade, eu dela me despedia, dizia-lhe o adeus saudoso e melancólico do filho que se separa da família, e que sabe que não voltará mais ao seu lar.

Eu subia sempre; o silêncio da noite era só interrompido pelo latir dos cães que, sentinelas vigilantes, guardavam as chácaras.

Ainda era cedo, mas a solidão completa; e todavia eu não tinha receio de encontro algum suspeito ou sinistro; receio de quê?... pobre e decidido a morrer, rir-me-ia do ladrão, do assassino que me atacasse.

Depois de muito longa marcha ouvi a voz de um homem que caminhava adiante de mim e que cantava uma rude cantiga com acompanhamento de viola, que ele próprio executava.

Apressei o passo e apanhei o cantor.

Era um guarda do aqueduto.

Trocamos a saudação de — boa-noite.

— Vou seguindo o caminho do Corcovado?

— Sim senhor; mas a estas horas?

— É proibido?

— Não; já sei: quer amanhecer lá.

— Adivinhou.

— Pois eu vou dormir às Paineiras.

— Tanto melhor para mim. E das Paineiras ao Corcovado?

— Não há que errar.

Fomos seguindo em silêncio; no fim de meia hora perguntei:

— Por que não canta?

— Gosta?

— Muito.

---

43 *Babel*: Segundo a Bíblia, os habitantes do vale de Senaar resolveram fazer uma torre que chegasse ao céu. Jeová, vendo-lhes o orgulho, confundiu-os, misturando-lhes as línguas. A expressão *Torre de Babel* passou a significar confusão, barulho, grande movimento. A história bíblica está no livro do Gênesis, capítulo XI, versículos 1 a 9. (N.E.)

44 *Sebastianápolis*: A cidade do Rio de Janeiro é dedicada a São Sebastião. A palavra grega *polis* significa *cidade* e é usada para formar os nomes de muitos lugares, como Alvinópolis, Divinópolis, etc. Portanto, *sebastianópolis* é a cidade de S. Sebastião. (N.E.)

— O canto anima o trabalho e ilude a fadiga, disse o guarda.

E afinou a viola e cantou outra cantiga também rude, e monótona, mas saudosa e melancólica.

No meio da solidão e da noite o canto do guarda produzia em mim indizível impressão de suave tristura.

Observei com a luneta mágica por mais de três minutos o guarda, e vi que era pobre, tinha mulher e dois filhos, vivia alegre, e por seus dotes merecia as honras da terra e a maior estima dos homens.

Revoltou-me a posição obscura desse homem distintíssimo pela nobreza de caráter, e pela santidade do coração.

Quando acabou a cantiga, perguntei-lhe:

— Que pensa da vida?

— Que custa a viver.

— Não é melhor a morte?

— E minha mulher? e meus filhos?

— É feliz?

— Conforme: se me dessem o dobro do que ganho, eu me julgaria dobradamente feliz um dia.

— E por que não dois dias e mais?

— Porque é quase certo que no segundo dia eu desejaria ainda outra vez o dobro do que estivesse então ganhando.

— E não tem aflições?

— Às vezes, e sobretudo quando não trabalho; mas em tais casos Luísa deixa a costura e vem perguntar-me o que tenho; correm os meninos a pular-me ao pescoço, e lá vai a tristeza pelo morro abaixo; ou, se estou só em casa pego na viola e canto.

— Que pensa dos homens?

— Bem e mal: nem confio nem desconfio, e julgo que é melhor não pensar neles.

— Por quê?

— Porque todo tempo é pouco para cada um pensar em si, na sua família, no seu trabalho, e nas contas que deve a Deus.

Eu admirava a sabedoria do guarda do aqueduto, e compreendi perfeitamente o seu amor, o seu apego à vida pelo encanto da esposa e dos filhos.

Só o egoísta pode almejar as delícias da morte, sendo esposo e pai; eu porém procurei debalde uma noiva, não tenho filhos e posso portanto e devo morrer.

Enlevado pela conversação ia continuá-la, quando o guarda me disse:

— Estamos nas Paineiras, e aqui nos separamos.

Ensinou-me o fácil caminho que me levaria ao Corcovado, deu-me — boa-noite — e desapareceu, metendo-se por um trilho quase encoberto pelo mato.

XXXI

Lavado de suor e arfando de fadiga cheguei finalmente a alto ermo do Corcovado.

A lua brilhava formosíssima, e consultando o relógio, mercê da minha luneta mágica, vi que eram duas horas da madrugada.

Véu impenetrável de cerração cobria o mundo nos espaços imensos em torno do Corcovado.

Eu estava em pé no trono de vasto país, submerso em dilúvio de neblina; compreendia a soberba majestade do meu sólio; mas tinha ideia das proporções dos meus Estados.

O vento frio fazia-me tremer, o ar leve e puríssimo deleitava-me a respiração.

Sentei-me; quis pensar na morte e não pude, porque meus olhos se cerraram, e dormi.

Despertei ao primeiro raio do sol, que refletiu no meu rosto.

Levantei-me.

Era ainda cedo para ver o mundo abaixo dos meus pés e em torno do Corcovado.

Passeando pela planura, conversei comigo mesmo.

Morrerei; mas antes de morrer quero ver as grandezas da terra que deste sublime trono erguido por Deus se revelam e manifestam aos olhos do homem.

Aqui da altura direi o extremo adeus aos meus lá embaixo.

Será o último serviço que deverei a minha luneta mágica...

O último?...

Oh! eu vou morrer, por que não experimentarei a visão do futuro?... que me importa que se quebre a luneta, quando mais não posso usar dela?...

Fora loucura não tentar a experiência!...

Este novo pensamento dominou-me; fixei a luneta, e observei em volta do Corcovado o aspecto da natureza...

A cerração se desfizera de todo... o mundo se mostrava, se patenteava amplo, completamente sem véus, sem nuvens...

Vi...

Oh! meu Deus! eu não descreverei, não tentarei descrever o lindo, o belo, o sublime panorama, que por todos os lados, se abriu à minha luneta mágica, as cidades e os povoados, as terras, e o oceano, as montanhas e os abismos, os montes e os vales, as torrentes e as pedras, o céu e os campos, a providência, e o mundo, a riqueza do favor de Deus, e a miséria da incúria dos homens!!!

Ajoelhei-me e orei.

Ergui-me e ainda uma vez, e outra, e mais dez vezes enlevei-me na contemplação das majestades da criação que em torno do Corcovado se ostentavam...

Tudo era grande, tudo menos o homem que era o perdulário, e o esbanjador sacrílego dos tesouros da terra, que Deus lhe dera...

Senti que para não odiar, desprezava o homem, desprezei-me também, lembrei-me da morte, que olvidara em minha contemplação entusiasta, lembrei-me também do suicídio e da visão do futuro.

O suicídio era fácil: um abismo estava cavado abaixo de meus pés; atirar-me a ele e não morrer era impossível...

Experimentar a visão do futuro era igualmente muito simples: bastava-me fixar a luneta mágica por mais de treze minutos sobre algum objeto.

Instintivamente lembrei-me da capital do Império do Brasil.

Ter por impressão extrema da vida uma ideia dos tempos que ainda hão de vir para aqueles que deixarei vivos, era uma ambição arrebatadora; ter por extrema despedida do mundo o quadro aberto do futuro próspero da pátria, seria a mais suave consolação, se eu pudesse conseguir a visão do futuro antes de suicidar-me.

Fixei pois a luneta mágica sobre a cidade do Rio de Janeiro e vi...

Durante os três primeiros minutos: força vital, prodígios de riqueza do solo do Império, majestade da natureza e em grande número de homens incapacidade, inveja, capricho, nepotismo, vaidade comprometendo tudo, sacrificando tudo, perdendo tudo no culto do egoísmo, e de ruins paixões.

Depois de três minutos até treze: a mesma e ainda mais surpreendente opulência de tesouros naturais do solo, o mais sábio governo do mundo, a população mais moralizada e pura, a constituição e as leis do Império religiosamente executadas, trabalho inteligente, a indústria esplêndida, abundância de ouro, profunda instrução em todos, contentamento geral, o céu na terra enfim...

Além de treze minutos: a visão do futuro... primeiro e de súbito imensa e compacta nuvem negra cobrindo todo o horizonte e logo através dela vivíssimo e penetrante raio de luz que me feriu e deslumbrou, que me fez recuar e cair por terra, quebrando-se em migalhas a luneta mágica de encontro a uma pedra!

Achei-me em trevas; mas ergui-me de pronto, e sem hesitar corri para o abismo e bradando:

— Adeus!...

Saltei o parapeito, arrojando-me ao profundo precipício...

Mas duas mãos possantes suspenderam-me pelas orelhas, pelas orelhas me contiveram por momentos no espaço entre a vida e a morte, e, sempre pelas orelhas, me tiraram da boca do abismo, e me depuseram no chão.

— Ainda é cedo, criança! disse a voz rouca do homem que me salvara, puxando-me as orelhas.

Reconheci o homem pela voz.

Era o armênio.

FIM DA SEGUNDA PARTE

EPÍLOGO

I

A suavidade das auras, a pureza do ar que banhavam docemente meu rosto e meus pulmões, o vivificante calor dos raios do sol venceram pouco a pouco a superexcitação nervosa que me ficara da tentativa de suicídio, do salto que eu dera, e da suspensão no espaço, na horrível boca do abismo.

Estirado no chão e em convulsivo tremor eu conservava a consciência de que vivia pela ativa lembrança das sensações instantâneas, mas violentas que me tinham torturado a alma; primeiro o adeus, extremo adeus deixado ao mundo, depois, dado o salto, o arrependimento súbito e vão; logo o socorro imediato e não esperado, e enfim a esperança, as ânsias e o terror desses instantes supremos, indizíveis em que me achei entre a vida e a morte, entre o suicídio que parecia absorver-me, e as mãos da providência que me continha pelas orelhas.

Passada uma longa hora, senti que me voltavam as forças.

Ajoelhei-me, e repeti em voz baixa breve oração.

Depois levantei-me e disse, procurando debalde com os olhos o armênio:

— Obrigado!

— Bom sinal! observou este; o teu coração voltou-se para Deus, e depois de render-lhe graças, a tua voz disse na primeira palavra um voto de gratidão ao homem que te salvou: morreste louco, e renasceste ajuizado.

Eu desatara a chorar, e chorei longamente.

O armênio tornou-me, depois de deixar muito tempo livre curso a meu pranto.

— Criança adoidada: já te puxei bastante as orelhas; mancebo infeliz, quero agora consolar-te.

Enxuguei com precipitação as lágrimas, e lancei os olhos quase sem luz para o lado, donde me vinha a voz do armênio.

Ele riu-se e acrescentou:

— Adivinhei o teu criminoso intento e vim aqui salvar-te do suicídio, e dar-te nova, terceira e última luneta mágica.

— Oh!... e onde? e quando?

— Aqui mesmo e em breve.

— Que felicidade!

— Vou proceder à operação mágica...

— Eu a espero ansioso.

— E não tens medo?... aqui... neste lugar deserto... a sós comigo...

— Não.

— Confias pois muito em mim?

— Muito.

— Não há confiança sem fundamento que ao menos se suponha seguro, e tu nem sequer sabes como me chamo, o que não me admira, porque nem sabes o teu verdadeiro nome.

— Eu o conheço pelo armênio, o mais sábio dos mágicos, e sei que recebi na pia batismal o nome de Simplício.

— Erro duplo! não há aqui armênio nem Simplício.

— Então como nos chamamos?

— Eu me chamo *Lição*.

— E eu?

— Tu te chamas *Exemplo*.

— Ah!

— Escuta-me.

II

O armênio começou a falar.

— A exageração degenera os sentimentos, desvirtua os fatos, desfigura a verdade.

"Exagerar é mentir.

"No mundo há o bem e o mal, como há na vida o prazer e a dor.

"Mas o bem é o bem, o mal é o mal como eles são e não podem deixar de ser para a humanidade que é imperfeita: perfeito bem, absoluto mal não há para ela.

"O bem absoluto é Deus; mal absoluto não existe, não pode existir; porque seria o mal sem arrependimento, e sem perdão e portanto um limite à onipotência de Deus, o absurdo na verdade eterna.

"Assim pois acontecimento, ser da criação, homens absolutamente maus ou absolutamente bons não são possíveis, nem se compreendem.

"Estudar o mundo e os homens, observando-os pela enfezada lente do pessimismo é tão perigoso e falaz, como estudá-los, observando-os pelo imprudente prisma do otimismo.

"O velho misantropo, o homem ressentido e odiento que por terem sido vítimas de enganos, de ingratidões e de traições, caluniam a humanidade, na turbação do espírito doente, vendo em todos e em tudo o mal, prejudicam não só a própria, mas a felicidade de quantos se deixam levar por essa prevenção sinistra que envenena e enegrece a vida.

"E no seu erro encontram eles duro castigo; porque em seus corações e em seu viver mergulham-se no dilúvio de lodo escuro e infecto do mal que veem ou adivinham em todos e em tudo; e no furor de enxergar maldades, de condenar e aborrecer os maus, tornam-se por si mesmos, proscritos da sociedade, selvagens que fogem da convivência humana.

"Eis aí o que te ensinei na visão do mal.

"Dando-te a primeira luneta mágica, eu fui o que sou — *Lição*; observando pela visão do mal, tu foste o que és — *Exemplo*.

"O mancebo generoso e inexperiente, a jovem donzela criada entre sedas, sorrisos e flores, educada santamente com as máximas de benevolência, com o mandamento do amor do próximo, e ainda mesmo aqueles velhos que nunca deixaram de ser meninos, veem sempre a terra como céu cor-de-rosa, têm repugnância em acreditar no vício, deixam-se iludir pelas aparências, enternecer por lágrimas fingidas, arrebatar por exaltados protestos, embair por histórias preparadas, e dominar pela impostura ardilosa, e veem por isso em todos e em tudo o bem — na prática do vício imerecido infortúnio, — no perseguido sempre um inocente, — no mal que se faz, indignidade, na trapaça e até no crime sempre um motivo que é atenuação ou desculpa.

"E também esses têm no erro da sua inexperiência a sua cruel punição; porque cada dia e a cada passo tropeçam em um desengano, caem nas redes da fraude e da traição, comprometem o seu futuro, e muitas vezes colhem por fruto único da inocente e cega credulidade a desgraça de toda sua vida.

"Eis aí o que te ensinei na visão do bem.

"Dando-te a segunda luneta mágica eu fui o que sou — *Lição*; observando pela visão do bem, tu foste o que és — *Exemplo*.

"Escuta ainda, mancebo.

"Na visão do mal como na visão do bem houve fundo de verdade; porque em todo homem há bem e há mal, há boas e más qualidades, e nem pode ser de outro modo, porque em sua imperfeição a natureza humana é essencialmente assim.

"Mas a primeira das tuas lunetas mágicas não te mostrou senão o mal, e a segunda te mostrou somente o bem, e para mais viva demonstração da falsidade e das funestas consequências de ambas as doutrinas, ou prevenções, as tuas duas lunetas exageraram.

"Ora exagerar é mentir.

"Mancebo, a verdadeira sabedoria ensina e manda julgar os homens, aceitar os homens, aproveitar os homens, como os homens são.

"A imperfeição e a contingência da humanidade são as únicas ideias que podem fundamentar um juízo certo sobre todos os homens.

"Fora dessa regra não se pode formar sobre dois homens o mesmo juízo.

"Cada qual é o que é; cada qual tem as suas qualidades, e seus defeitos.

"A sociedade que aceite cada homem com as suas qualidades e os seus defeitos, explorando umas e outras em seu proveito.

"As próprias plantas venenosas são úteis: a ciência faz do veneno mais violento um meio destruidor de moléstias, regenerador da saúde, conservador da vida.

"A educação do homem que é a base mais importante e a essencial da ciência social pode explorar em benefício da sociedade, dirigindo-os convenientemente, os próprios defeitos correspondentes às qualidades estimáveis de cada um.

"Mancebo! para te levar à verdade já te lancei duas vezes no caminho do erro.

"Erraste acreditando no mal, erraste acreditando no bem, que te mostraram tuas duas lunetas, que exageraram o mal e o bem, ostentando cada uma o exclusivismo falaz do seu encantamento especial.

"Erraste pelo exclusivismo; porque o exclusivismo é o absurdo do absoluto no homem.

"Erraste pela exageração; porque exagerar é mentir."

Eu escutara com respeitoso silêncio o armênio que, tendo descansado alguns momentos, disse-me:

— Resolvi dar-te hoje a mais preciosa, mas também a última das lunetas mágicas que de mim terás.

— Qual?...

— Aquela que te fará gozar a visão do bom-senso.

— Oh! a visão da sabedoria...

— Quase.

— Serei feliz... perfeitamente feliz!

— Nem assim.

— Por quê?...

— Porque o homem é o homem.

— Não entendo.

— Porque ainda com o bom-senso há ardendo na alma do homem uma flama insaciável, que torna impossível a felicidade perfeita.

— Que flama é essa?

— A do desejo — do desejo que tem mil sobrenomes — amor, glória, ambição, ouro, honras, luxo, gula, vingança... e muito mais que eu não acabaria de dizer nem em duas horas.

— Ao menos porém a visão do bom-senso não me tornará nem cético, nem ludíbrio do mundo e dos homens.

— E não sofrerás menos por isso.

— Como?

— Pela visão do bom-senso reconhecerás, onde está o bem e o mal, e mil vezes não poderás aproveitar o bem, e livrar-te do mal.

— Mas é incompreensível!

— A pesar teu serás arrastado para longe do bem e para os precipícios do mal...

— Resistirei.

— Serás o censor de muitos e o reprovado de quase todos...

— Que importa?

— Os homens te condenarão contraditoriamente, como republicano e áulico, excêntrico e tolo, ateu e fanático, imoral e hipócrita, presumido e estúpido, santilão e demônio.

— Rir-me-ei deles.

— Terás pois a luneta; mas será a última.

— Conservá-la-ei sempre.

— Quebrá-la-ás.

— Conterá ela também a visão do futuro?

— Como, se é a do bom-senso!... Criança, a visão do futuro não pode ser mais do que uma combinação de probabilidades feitas à luz do passado.

— Então juro que conservarei a luneta do bom-senso por toda a minha vida.

— Fá-la-ás em pedaços e intencionalmente.

— Por quê?

— Porque é melhor não ver,

— Oh! não...

— Vou dar-te a luneta.

....

....

....

V

Não posso dizer o que se passou durante meia hora ou mais; porque eu nada vi, nada podia ver, pobre míope quase cego que eu era.

O armênio procedera a uma operação mágica não sei como, nem em que altar de cabala improvisado à luz do sol e no alto do Corcovado.

Ouvi piar de aves, silvos de serpentes, conjurações do armênio que me pareciam sair ou do seio da terra, ou de profunda gruta, senti frio de gelo e calor de fogo ardente; em seguida reinou silêncio, e em breve o mágico lançou-me ao pescoço um trancelim que suponho ser de arame que enlaça a luneta pelo competente anel, onde, como vim a saber depois, estava gravado em letras microscópicas o nome — *raro*.

— Fixa a luneta! gritou-me com sua voz rouca o armênio. Obedeci, e fixando a luneta mágica, vi diante de mim o mágico melancólico e carrancudo, e o meu amigo Reis agradável e risonho.

O armênio voltou-nos imediatamente as costas, e desapareceu logo, descendo apressado a montanha.

O Reis abraçou-me e disse:

— Aquele homem é irresistível; adivinhou o ato de loucura que o senhor ia praticar, e prometeu-me salvá-lo sob duas condições, de que não quis prescindir: a primeira foi que eu conviesse em ser-lhe dada uma terceira e última luneta mágica, que teria a visão do bom-senso; a segunda que eu consentiria em expor à venda no meu armazém lunetas mágicas com a visão do bom-senso.

— E o meu amigo...

— Poderia eu hesitar, quando se tratava de impedir o seu suicídio?... Comprometi-me a tudo; mas consegui do armênio três concessões.

— Quais?

— Que ele faria suas operações mágicas fora da minha casa; que ficaria em sigilo o que o senhor porventura observasse por meio da visão do bom-senso; e que exclusivamente aos meus fregueses e amigos de íntima confiança eu pessoalmente e só eu cederia, vendidas ou doadas, as lunetas mágicas do bom-senso, ficando ainda a meu arbítrio a exigência de segredo, até que provas irrecusáveis do forçado encantamento experimentado por diversas pessoas, excluíssem qualquer suposição de credulidade pueril.

— Portanto o armênio começa enfim a convencê-lo.

— Ainda não; mas é um homem extraordinário. Quer ver? Acertou pelo seu o meu relógio; marcou precisamente a hora em que eu devia chegar ao alto do Corcovado, e encontrá-lo, lançando-lhe ao pescoço a sua nova luneta, e eu cheguei aqui exatamente à hora precisa, e no momento em que o armênio alargava com as mãos o cordão da luneta acima da sua cabeça e o fazia logo descer ao seu pescoço!...

— E se soubesse...

— Perdão; saberei tudo depois. Agora urge satisfazer a dois empenhos, um meu, e outro nosso.

— O seu antes do nosso: qual é?...

— Promete-me o sigilo, a que o armênio não se opõe?...

— Pela minha gratidão e amizade juro guardá-lo.

— Obrigado! disse o Reis apertando-me britanicamente a mão.

— E o nosso empenho?...

— Não o adivinha?... são onze horas da manhã e ainda não almoçamos... eu apenas tomei café às três horas da madrugada.

— E eu não ceei ontem, e estou morrendo de fome... desçamos para a cidade.

— E lá almoçaremos, jantando.

Pusemo-nos alegremente a caminho.

Apesar da fome devoradora que sentia, reconheci que é menos fatigante e desagradável descer do que subir às montanhas, exceto, exceto sempre, mas exceto somente, quando se trata das alturas do governo.

VI

E já lá vai um mês... um mês inteiro de visão do bom-senso.

Sinto desejo veemente de referir o que tenho observado; mas estou preso pelo dever de gratidão e pela religião do juramento, que me impõe silêncio.

Quantas lunetas do bom-senso terá o armênio preparado magicamente para o armazém do Reis? E este a quantos amigos as terá confiado?...

Não posso compreender estas cerimônias e escrúpulos do meu amigo Reis.

Tais escrúpulos são até antipatrióticos.

Se o Reis quer teimar no seu prejudicialíssimo sigilo, deve ao menos, e embora muito em segredo, oferecer sete lunetas mágicas com a visão do bom-senso para uso dos membros do ministério e do governo do Brasil.

Não posso falar, não posso escrever, não posso dizer o que a visão do bom-senso me está ensinando há um mês.

Quando o meu amigo Reis me desligar do juramento que fiz, escreverei o livro da — *Visão do bom-senso.*

Mas até lá... segredo.

JOAQUIM MANUEL DE MACEDO

NASCE O ROMANCE PARA O PÚBLICO BRASILEIRO

Antonio Carlos Olivieri

Há cerca de três décadas, um determinado tipo de programa de televisão consagrou-se como campeão de audiência entre todos os demais. É claro que estamos falando das novelas, que dominam a programação entre seis da tarde e nove e meia da noite.

Quando a televisão ainda não existia, as novelas já apaixonavam o grande público através do rádio. E, se voltarmos um pouco no tempo, até mais ou menos o século XIX, vamos encontrá-las também, sempre no auge da preferência popular.

Para o público do século passado, que obviamente não tinha rádio nem televisão, era por intermédio da palavra escrita que se contavam histórias. Os jornais da época incluíam (numa seção diária) o "folhetim", onde se apresentavam histórias fictícias, seguidas pelos leitores com o mesmo interesse dado atualmente pelos telespectadores às suas novelas preferidas.

Com o tempo, o termo "folhetim" passou a designar estas mesmas histórias que, depois, vieram a ser chamadas de "romances" (mas atenção: o "romance" passou por grande evolução entre os séculos XIX e XX, ganhando características diferentes do "folhetim" de origem).

De qualquer modo, são muitas as semelhanças entre o folhetim e o romance do início do século XIX e boa parte das telenovelas: em ambos encontramos rapazes elegantes e esforçados, jovens belas e solitárias, homens e mulheres cruéis que querem impedir a união das personagens centrais; figuras simpáticas que auxiliam o mocinho e a mocinha; tudo isto temperado com emoção, aventura e mistério, até que

A

MORENINHA

PELO

Dr JOAQUIM MANOEL DE MACEDO

LIVRARIA GARNIER

109, RUA DO OUVIDOR, 109
RIO DE JANEIRO

6, RUE DES SAINTS-PÈRES, 6
PARIS

Folha de rosto da 1ª edição (1844) do best-seller de Macedo.

cheguemos a um final (geralmente) feliz.

A Moreninha, *o primeiro romance de Joaquim Manuel de Macedo, tem muito dos ingredientes mencionados. Foi enorme o seu sucesso junto ao público, tanto no ano em que foi publicado (1844) quanto nas décadas seguintes. Os leitores gostaram e gostam tanto desta história, que ela já foi transformada em filme e em novela de televisão. O resultado não podia ser outro: na tela grande ou na pequena,* A Moreninha *cativou o coração dos espectadores.*

A atriz Marília Pera representou a Moreninha no teatro com Perry Sales.

Claudia Mello interpreta Carolina no filme **A Moreninha**, de 1970.

Para entender a razão desse sucesso, precisamos conhecer um pouco mais da época em que o livro foi criado, o século XIX, quando o romance, que tinha surgido na Europa, chegava ao nosso país. E num momento muito especial: o Brasil tinha acabado de se tornar independente.

Brasil: independência e efervescência

Proclamada a Independência, apesar de alguma agitação no plano político, o Brasil conheceu um período de desenvolvimento econômico que se estendeu por quase cinquenta anos, principalmente na Província do Rio de Janeiro, onde ficava a capital do Império.

Trazendo o desenvolvimento, as ferrovias chegam ao país, cujo perfil social e econômico se transformou no século passado.

Em ilustração do século XIX, o estaleiro construído por Mauá, prova do progresso industrial do país.

Para termos uma ideia do que isto significa, podemos citar alguns fatos: nesta época fundaram-se sessenta e duas fábricas, teve início a primeira linha regular de navios entre o Rio de Janeiro e a Europa e inaugurou-se nossa primeira ferrovia, o que não era pouca coisa para um país basicamente agrícola, isolado do resto do mundo e que, nos transportes terrestres, dependia exclusivamente dos animais de quatro patas.

Ao lado deste desenvolvimento material, tomava impulso a atividade cultural nas principais cidades do país: surgiram teatros, bibliotecas e livrarias. A imprensa se desenvolvia, com um aumento expressivo do número de jornais e revistas. Fundavam-se as faculdades de Direito de Recife e São Paulo e remodelavam-se as de Medicina de Salvador e do Rio de Janeiro.

Esta última cidade, como sede da Corte, beneficiava-se do progresso, tomando rapidamente a configuração de um centro urbano, onde transitavam as elites do país, assim como a classe média, os dois grupos sociais em condições de ler jornais, revistas e livros (já que entre as camadas mais baixas predominava o analfabetismo).

Eram esses grupos, portanto, que consumiam avidamente os folhetins e romances que começaram a circular por aqui, vindos da França (que ditava a moda ao Brasil de então). E é nestes grupos também que surgiriam os escritores, como Joaquim Manuel de Macedo em primeiro lugar.

Nascido em Itaboraí, Rio de Janeiro, no dia 24 de junho de 1820, Macedo formou-se intelectualmente nesse panorama de mudança e evolução, embora haja poucos registros de sua biografia até a formatura em Medicina em 1844. É conhecido, entretanto, o fato de que ele já colaborava com revistas da província e da capital, neste meio tempo, demonstrando sua vocação de escritor.

A Medicina não o atraía, e ele nunca chegou a exercer a profissão. O grande passo para que ele se dedicasse apenas à literatura foi a publicação de A Moreninha, *no ano de sua formatura. O grande sucesso obtido pelo livro praticamente bancou a carreira do seu autor.*

Macedinho, como era conhecido pelos contemporâneos, dedicou sua vida a escrever. Depois de A Moreninha, *publicou* O Moço Loiro *(1845), outro sucesso. Seguiram-se cerca de quarenta obras, entre romances, peças de teatro, contos, crônicas, etc. Mas foi no romance que ele, verdadeiramente, se destacou.*

O *best-seller* de 1844

Joaquim Manuel de Macedo escreve pensando no gosto do leitor, procurando oferecer-lhe aquilo que ele quer ler, da mesma forma como fazem atualmente os autores dos livros que chamamos best-sellers. *Macedo não tem a preocupação de promover o questionamento e a reflexão no leitor.*

São os assuntos que interessam às classes alta e média cultas e semicultas da capital e das províncias brasileiras que estão nos romances de Macedo, e já a partir do primeiro deles. Isto foi a garantia de seu rápido sucesso.

Em poucas palavras, podemos falar de um "romance de entretenimento", cuja função é divertir e fazer sonhar, permitindo ao leitor identificar nos livros não somente um modo de vida semelhante ao dele, mas ainda este mesmo modo de vida pintado com as cores da imaginação.

É o que acontece em A Moreninha, *em* O Moço Loiro, *em* Os dois amores, *de 1848, e em mais de uma dezena de romances posteriores,*

Vista da cidade de Itaboraí, onde nasceu, em 1820, Joaquim Manuel de Macedo, pioneiro do Romantismo.

a ponto de estudiosos da nossa literatura, ao se referirem à obra de Macedo, chegarem a falar que o escritor descobriu a "receita" ou a "fórmula" dos romances que agradavam ao público brasileiro.

Entre os ingredientes desta fórmula estão namoros difíceis de começar, paixões impossíveis, personagens misteriosos cuja identidade só se revela no final do romance, conflitos morais entre o dever e a paixão, personagens secundários com tiques engraçados, gozações e brincadeiras de estudantes despreocupados, além de situações equívocas e cômicas.

Mas isto não quer dizer que quem leu um dos romances de Macedo já leu todos os outros. A receita geral, em cada livro, apresenta aspectos particulares: em A Moreninha *é um juramento de amor feito no passado que gera o conflito que pode impedir a união de Carolina e Augusto, os apaixonados protagonistas do romance, cujo final tem uma grande reviravolta.*

Como o ilustrador Debret, Macedo registrou costumes de época. Na ilustração, a menina aprende a ler, rodeada por escravos.

Em O Moço Loiro, *a paixão entre Lauro e Honorina é tumultuada pela ocorrência de um furto que gera uma acusação injusta, e o romance ganha características de uma história policial.*

Já em A luneta mágica, *o míope Simplício descobre uma luneta que lhe permite ver o Mal ou o Bem que reside na alma das pessoas, dando ao livro um tom de crítica e comédia.*

Um retrato fiel do passado

As obras de Joaquim Manuel de Macedo, independentemente de fórmulas, apresentam o universo das atenções e preocupações das classes alta e média da Corte brasileira em meados do século XIX, com a fidelidade de um cronista que observa atentamente os costumes.

Suas tramas se desenvolvem a partir de namoros e casamentos e são recheadas de mistérios, desencontros, fofocas, tal qual se encontram ainda hoje em livros e telenovelas.

Iniciador do romance brasileiro, Joaquim Manuel de Macedo foi o primeiro escritor a se dedicar a esse tipo de obra. Foi ele quem adaptou às características de nosso país e de nossa história o romance, surgido na Europa.

Preocupado em fixar em seus escritos o modo de vida e os costumes da antiga capital da nação brasileira, criou uma obra que tem grande valor como documentário: nela vamos encontrar o cotidiano fluminense do Segundo Império, em seus mínimos detalhes, um retrato preciso desta época de nossa História.

A linguagem de Macedo é simples, próxima do coloquial, o que torna a narração e os diálogos, além de acessíveis ao público leitor, cheios de leveza e vivacidade, adequando-se com perfeição ao tipo de romance que ele se propôs fazer.

Um escritor romântico

Para se entender um pouco melhor a obra de Joaquim Manuel de Macedo, é necessário não esquecer as ideias artísticas em vigor no seu tempo e que integravam um movimento cultural chamado Romantismo. Historicamente, esse movimento surgiu na Alemanha e na Inglaterra, nos fins do século XVIII, chegando à França no início do século XIX. Da França o Romantismo veio para o Brasil.

O ano de 1836 é considerado o marco inicial do Romantismo brasileiro, devido à saída do primeiro número da revista Niterói *— que divulgava as ideias do movimento romântico — e à publicação de* Suspiros poéticos e saudades, *um livro de poemas, marcadamente românticos, escritos por José Gonçalves de Magalhães.*

Numa certa medida, o Romantismo pode ser comparado a vários outros movimentos promovidos pela juventude de diversas épocas contra os padrões (morais, comportamentais, artísticos, etc.) estabelecidos pelas sociedades em que estes mesmos jovens se encontravam.

A juventude dos anos 1960, por exemplo, rebelou-se contra o modo de vida que a geração anterior lhe oferecia e propôs suas próprias formas. A música dos Beatles foi uma expressão dessa rebelião no plano artístico, assim como os cabelos compridos para rapazes e o uso constante dos jeans também o foram no campo dos costumes.

No século XIX, a rebelião se deu contra o modo de vida e as ideias da geração anterior. Sua proposta, em termos culturais, era uma arte popular, nacional e sentimental. Os românticos opunham-se aos padrões artísticos que valorizavam a erudição, a universalidade e o racionalismo.

Um exemplo privilegiado disto, em nossa literatura, é o conhecido poema "Canção do Exílio", do célebre poeta Gonçalves Dias, que

Numa das fotos mais célebres, Macedo em pose quase "oficial" de escritor romântico: livro na mão e olhar sonhador.

O cenário idílico do romance **A Moreninha**: a ilha de Paquetá em 1855.

em seus versos mais famosos diz: "Minha terra tem palmeiras/ Onde canta o sabiá, /As aves que aqui gorjeiam, /Não gorjeiam como lá".

Podemos notar aí como são simples as frases, o vocabulário, a sonoridade dos versos, perfeitamente adequados à proposta "popular" da arte romântica. Vemos também a valorização da pátria, de acordo com o ideal nacionalista. Finalmente, observamos que a afirmação feita pelo poeta encontra fundamento em questões íntimas, de gosto e sentimento, pois objetivamente nossas aves não cantam melhor do que as outras.

Para o Romantismo é a subjetividade e o sentimento que contam. O indivíduo passa a ser o centro das atenções e é através de sua imaginação e de suas emoções que o mundo deve ser visto e mostrado.

O privilégio do indivíduo e de seus sentimentos acabou por determinar o tema supremo da literatura romântica, na prosa e na poesia: o amor (daí o sentido de amoroso e sentimental que se atribui ao adjetivo "romântico" na atualidade).

Observamos que os romances de Macedo apresentam exatamente estas características: *A Moreninha*, por exemplo, conta uma história de amor, com uma heroína nacional (a beleza morena opondo-se à beleza loira e estrangeira), numa linguagem simples, destinada a um público amplo.

Naturalmente, o Romantismo não se restringe ao sentimentalismo, nem o romance romântico à narrativa amorosa. José de Alencar, o maior expoente brasileiro da ficção romântica, escreveu romances como *O Guarani* e *Iracema*, que procuravam marcar as diferenças entre nosso povo e o de outros países.

Alencar procurava nossas raízes históricas. Já escritores pouco posteriores a Macedo, como Bernardo Guimarães (autor de *A escrava Isaura*) e o Visconde de Taunay (autor de *Inocência*) deixaram de lado a realidade urbana da Corte, querendo retratar os aspectos regionais do interior do país. Em resumo, foram variadas as formas que o movimento romântico assumiu no Brasil.

Um homem de muitas profissões

Literatura à parte, Macedo teve múltiplas atividades, todas relacionadas de certa forma ao ato de escrever. Na década de 1840, dedicou-se ao jornalismo e a entidades culturais, como o Conservatório Dramático e o Instituto Histórico e Geográfico (o qual viria a presidir em 1876).

Em 1849, fundou com os escritores Gonçalves Dias e Araújo Porto Alegre a revista *Guanabara*, da qual foi redator e diretor. O primeiro número, publicado em 2 de dezembro, aniversário de D. Pedro II, foi levado *pessoalmente por Macedo e seus companheiros para Sua Majestade.*

No plano pessoal, Macedo casou-se com Maria Catarina Sodré, depois de um namoro que durou dez anos. Para alguns estudiosos, ela teria lhe inspirado a figura de Carolina, o personagem-título de A Moreninha. *O casal não teve filhos.*

O Imperador demonstrou simpatia pelo escritor de sucesso e nomeou-o professor de História do Colégio Pedro II, cargo que ocuparia até a morte, sem muito empenho, constando até que, às vezes, enquanto fingia prestar atenção à lição que um aluno expunha, cuidava de escrever ou rever trechos de seus romances.

Mas dedicação, entretanto, demonstrou ao lecionar aos filhos da Princesa Isabel, dos quais foi professor particular. A amizade com a família imperial acabou por levar Macedo à política. Foi deputado pelo Partido Liberal várias vezes, entre 1854 e 1881. Mas não tinha maiores ambições na carreira, chegando a recusar o cargo de ministro do Exterior em 1864.

Depois de um período marcado por perturbações mentais, Joaquim Manuel de Macedo veio a falecer em 11 de abril de 1882. Foi enterrado na sua cidade natal, onde em 1887 foi construído um mausoléu em homenagem àquele que foi o primeiro escritor brasileiro a escrever romances e a conquistar a simpatia do leitor. ■

A família imperial no Palácio de Petrópolis. Foi o Rio de Janeiro no reinado de D. Pedro II que Macedo retratou em seus romances.

RESUMO **B**IOGRÁFICO

1820

Joaquim Manuel de Macedo nasce em Itaboraí, Estado do Rio de Janeiro, a 24 de junho.
Filho de Severino Macedo Carvalho e Benigna Catarina da Conceição.

1843

Exerce a função de redator da revista Minerva Brasiliense *até 1845.*

1844

Forma-se em Medicina pela Faculdade do Rio de Janeiro, com a tese Considerações sobre a nostalgia.
Publica seu primeiro romance, A Moreninha. *Talvez pela fama imediata que lhe deu o livro, tenha decidido seguir a carreira literária.*

1845

Torna-se membro efetivo do Instituto Histórico, onde foi, mais tarde, secretário e orador. Publica O Moço Loiro.

1849

Funda, juntamente com Porto Alegre e Gonçalves Dias, a revista Guanabara, *onde publica grande parte de seu poema "A nebulosa".*

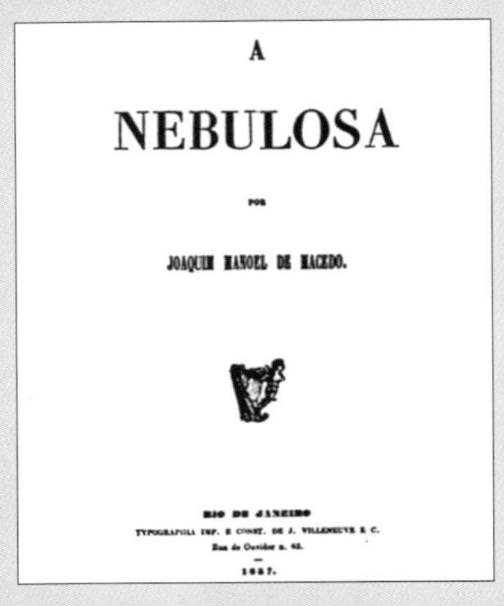

A

NEBULOSA

JOAQUIM MANOEL DE MACEDO.

Ingressa na política, onde é eleito deputado à Assembleia Provincial do Rio de Janeiro e deputado geral por duas legislaturas, como representante do Partido Liberal. Leciona Geografia e História do Brasil no Colégio Pedro II por muitos anos. Amigo da família imperial, serve de preceptor aos filhos da Princesa Isabel. Colabora em vários jornais do Rio, principalmente em A Nação, *com artigos críticos e políticos.*

1882

Falece no Rio de Janeiro, a 11 de abril. É o patrono da cadeira nº 20 da Academia Brasileira de Letras.

OBRAS DO AUTOR

ROMANCES

A Moreninha — 1844; *O Moço Loiro* —1845; *Os dois amores* — 1848; *Rosa* —1849; *Vicentina* — 1853; *A carteira do meu tio* — 1855; *O forasteiro* —1855; *Os Romances da semana* —1861; *O culto do dever* — 1865; *Memórias do sobrinho do meu tio* — 1868; *O rio do quarto* — 1869; *A luneta mágica* — 1869; *As vítimas algozes* — 1869; *Nina* — 1869; *A namoradeira* — 1870; *As mulheres de mantilha* — 1871; *Um noivo e duas noivas* — 1871; *Os quatro pontos cardeais* — 1872; *A misteriosa* — 1872; *A baronesa do amor* — 1876.

POESIA

A nebulosa — 1857.

TEATRO

O cego — 1849; *Cobé* — 1849; *O fantasma branco* — 1856; *O primo da Califórnia* — 1858; *O sacrifício de Isaac* — 1859; *Luxo e vaidade* — 1860; *A torre em concurso* —1863; *Amor e pátria* — 1863; *Lusbela* —1863; *O novo Otelo* — 1863; *Remissão de pecados* — 1870; *Cincinato quebra-louça* — 1873; *Vingança por vingança* — 1877; *Antonica da Silva* —1880; *Uma pupila rica* — 1880; *Romance de uma velha* — (s.d.); *Os dois mineiros na Corte* — (s.d.); *O macaco da vizinha* — 1885.

CRÔNICAS E BIOGRAFIAS

Um passeio pela cidade do Rio de Janeiro — 1862; *Ano biográfico brasileiro* — 1876; *Mulheres célebres...* — 1878; *Memórias da rua do Ouvidor* — 1878.